# 黑石之墓

## CLAIRE McFALL

[英]克莱儿·麦克福尔 著

刘勇军 译

九州出版社
JIUZHOUPRESS

谨以此书献给哈里,是你把我从怪物手里救了下来。

# 1

### 现 在

等一下。我坐在椅子上,手指在硬邦邦的塑料扶手上胡乱敲打着。接待员小姐则敲击着她那个人体工学键盘,发出轻柔且有规律的嗒嗒声。我们两人发出的声音真是太不协调了。看到她蹙起眉头,我知道我已经成功惹恼她了,那声音就好像用指甲去划黑板一样。

很好。

对于干等着这件事,无声的抗议是我唯一可做的抱怨。这是我的特权。意味着在彼得森医生的"信任天梯"上,我又向上跨了一阶。只是这个梯子高入云端,我还在最底部。况且,我本无意爬到顶。然而，这样小小的攀升也是有好处的。首先，我可以穿自己的衣服，双手无拘无束，我还可以继续用不起眼的小动作去折磨那个神情高傲的秘书。我对她冷静地笑笑，更大声地敲打着扶手。

门开了。我和接待员小姐一同看向那片长方形的空间，不过没人从门里走出来。透过门口，我只能看到奶油色的墙壁，上面挂着各种证书，地上铺着深红色长毛绒地毯。我是没看出什么来，接待员小姐却得到了暗示。

"彼得森医生现在可以见你了。"

她的声音甜甜的，听了就叫人讨厌。专业，彬彬有礼，语气很是不屑。我从座位上起来，看也不看她一眼。我的橡胶底帆布鞋——穿自己的鞋，起码意味着又上了六层阶梯——走在廉价的木地板上，一点动静都没有。只是陪我一起进去的守卫与我的步调不太一致，那家伙走起路来哒哒哒直响，表明了我的存在；他的脚步声足以让彼得森医生知道我来了。足以让他抬起头来，与我打招呼。

但他没有。

"你好吗，希瑟？"他问他面前的一张纸。

它没有回答。在至少沉默了八秒后，他总算抬头看向我了。

"嗯？"他挑眉，露出坦率可亲的表情。仿佛我们是朋友。是死党。

可惜我们不是。

我一边与他对视,一边坐在他的办公桌对面的豪华皮椅上。这间屋子里摆放的终于不再是丑陋不堪、千篇一律的塑料椅了。他先转开了目光,我看着他慢腾腾地翻看办公桌上的文件,敲了几下银质雕花钢笔,还正了正领带和衬衫,见状,我允许自己稍稍得意一下。随后,他清清喉咙,瞪了我一眼。

现在,我们真的开始这场游戏了。

"希瑟,你今天准备好谈话了吗?"

和你吗?没有。

他从我的表情看出了我的想法,便叹了口气。他向前探身,靠在办公桌上,放下钢笔,双手手指交叠成尖塔形状。嵌在天花板上的聚光灯发出轻柔的黄光,把他右手小指上的图章戒指照得闪闪发亮。我看不清圆形戒面上刻了什么,只能看到一个随着岁月流逝而变得有些模糊的蚀刻图案。就好像他眼周的皱纹一样。他的嘴角那些令人讨厌的皱纹也因为厌恶而皱了起来——每次他看着我,都会露出这样的表情。看来我们彼此都很不喜欢看到对方。

"你知道的,我要为法庭准备一份报告。"

我轻蔑地扬起一边眉毛。是吗?

"法官需要了解你现在的进展和精神状态。希瑟,要是你不合作,我无法出具报告。"

把他的这些话写下来,绝对显得他善解人意,是一个医生为了关心病人过得好不好而说出的话。等到外面的接待员小姐将这番话誊写下来——我知道我所说的一切都会被录下来,即便我看不到录音仪器——我敢肯定绝对是这样。只有我能听得出这其中的凌厉的威胁意味。

我有权把你送到一个地方,在那里,没有绑着皮带的床,只有安着铁栅栏的窗。他就是这个意思。友善点,对我敞开心扉,让我走进你的心,你就可以爬上梯子,必然会有一天,蓝天和骄阳将是你头顶上仅有的两样东西。

有一点彼得森医生并不明白,那就是我是个危险分子。不管是在这里,还是在监狱,都是如此,就算在我拥有自由的时候,我也是个威胁。在什么地方并不重要,关键在于我的破坏力。这个秘密可比他那打着官腔的威胁有影响力多了,因为这个,这出木偶戏变成了滑稽的杂耍表演。

他就是不明白。那我为什么还要乖乖地和他玩游戏?

从我的眼神和皱起的眉头上,他清清楚楚地看到了我的这个想法。他暂时打了退堂鼓,开始草草翻阅和我有关的一摞文件,里面有报告,还有病情记录,反正是各种各样的准确资料,跟着又仔细看了看一些东西,只为了让这一刻赶快过去。我一声不吭,让他感觉很不自在。突然,他的眼睛一亮。作为回应,我把眼睛眯成一条缝。他发现什么了?

"这是一张出院表格。"他说着,将一张蓝色的纸挥动了两下。我还没看明白,他就把那张纸和其他文件放在了一起。出院表格?现在,他勾起了我的兴趣。这一点我想藏都藏不住。第二回合他赢了。瞧他那副沾沾自喜的模样。"我必须签名保证,你现在状态稳定,可以暂时出院,去给你的右手做手术……"

我的右手。我低头看看被我塞在双腿之间的左手;原来我一直下意识地用完好的左手挡住右手。我看不到我的右手,却依然能感觉到它:皱巴巴的缝合线,粗糙不平的疤痕。我缓缓地换了个姿势,轻轻地将两只手各放在一边膝盖上,看着它们之间的区别。

左手:皮肤苍白,手指细长,没涂指甲油,没有长指甲,却是他们允许我留的最长的长度。毕竟指甲也可以是武器。曾经在有机会的时候,我的指甲确实被我当成了武器。

右手:露着红肉,畸形,有的指甲没了,有的是扭曲的。与其说这是人手,倒不如说是个爪子。丑陋。怪异。

我感觉泪水充满了眼眶,我却无力阻止。我的手。彼得森还在说着什么,我却听不到。

"希瑟?希瑟,你在听吗?"

我没听。

"你要是希望我把这份表格签了,就得向我表明你能交流。证明你很理智,可以离开这里,去接受手术。今天你必须和我说话。这很重要。"他举起另一份文件。这份文件很厚,有好几页,用订书钉钉在一起。"我们会把你所说的一切都交给警方。是你所说的每一句话。"他顿了顿,像是在等我开口允许他说下去,"你的话,希瑟。一字不落地转告警方。现在我们从头说起吧。"

从头?

我捧着我的右手,回顾起那时的情景。我闭上眼,想象我不在这里,而是和我的朋友们一起,在高速公路上飞驰。我好像还能听到音响里播放的那首歌。

## 2

### 曾 经

乐声自扬声器中传出,鼓声隆隆,主唱用尖厉的高音唱着。这些声音都湮灭在我们五个人不和谐的声音下,像是在比赛看谁的声音大似的。乐队再次占了上风,音乐声飘飘荡荡,响彻大桥,跟着,我们全都猛吸一口气,随即哄笑起来:谁也不知道这是什么歌。

"这歌真棒,我喜欢!"艾玛把脚搭在仪表板上,不停地抖动。她转过身,咧开嘴对挤在后座的我、马丁和道奇笑笑。

"是吗?唱歌的是谁?"她的男朋友达伦不再看前面的路,而是扬起眉毛,饶有兴味地瞧着她,脸上挂着笑容。

有那么一刻,谁都没说话,只有我身边的两个男孩子闷声讥讽地笑了几声。我一直闭口不言,谁叫我也不知道呢。

"我不知道。"艾玛生气地说,"这歌太老了。"

"是小脸乐队唱的。"马丁小声说,"罗德·斯图尔特在成名前所在的乐队。"

啊,我听说过这个人。

"无所谓啦。"艾玛漫不经心地回答。她甩了甩一头金色长发。我才不会上当——她每次做这个动作,就是为了让别人注意她,而不是真生气了,不过这也足以让达伦从方向盘上拿开左手,带着歉意抚摸她的大腿。

"只是开个玩笑而已。"他向她保证。

他的手继续沿着她的膝盖摩挲到裙子边缘,抚摸她那古铜色的皮肤。我坐在中间,地方窄小,动也动不了,一眼就能看到他用手爱抚她。我默默从一数到十,等他住手,可他并没有停下,于是,我只好转向右边,视线越过道奇的侧脸,欣赏明媚的阳光和艾尔郡的绿色田园风景。道奇感觉到我转向他的方向,便扭头看着我。他的嘴角漾出一抹笑容,露出两个酒窝。我真喜欢他的酒窝,就好像我喜欢他那双温暖的蓝色眼睛,这会儿,他正用这对眸子凝视我。在他的注视下,我只坚持了三秒,便转过头,望向另一边窗户外的风光,不让他看到我滚烫的脸颊。这次,马丁疑惑地看着我,还注意到了我通红的脸,不过我用不着理会他。

这边的风景逊色很多:两条车道穿插在连绵的群山和农田之

间，车流向与彼此相对的方向驶去。不过这样更安全。我会一直面对这边，直到我的心不再狂跳不止。

"要停车啦。"达伦从驾驶座上说，他在最后一刻将车子驶入交流道，我感觉到汽车突然一个转向。达伦把油门踩到底，向山上开去，艾玛夸张地尖叫起来，紧紧抓住座位不放。我也叫了一声，不过我的叫声要小很多，只是我的指甲掐进马丁的腿里，这才没有跌到道奇的腿上。

"对不起。"看到马丁揉着青肿的皮肤，我小声道。

他对我微微一笑，告诉我不用介意，跟着瞪了达伦一眼。我强忍着才没笑出来。自打我们一早出发以来，我想马丁与达伦说的话连十个字都不到。他说他是个呆头鹅（只在艾玛不在的时候说），"头脑简单，四肢发达"。只是现在是道奇过生日，也就是说，大家都要表现出友好的一面。

本来只有我们三个人去露营，可对于我要和两个男孩子一同外出这件事，我的父母并不太情愿。于是道奇提出邀请艾玛和达伦一起去（因为要是达伦不去，艾玛也绝不会去）。一开始我挺失望，担心他们来了会煞风景，但是，道奇说服了我，他说就算他们去，也会很有意思，我们还是可以按照计划去玩。况且达伦有车，这样我们就能到更远的野外去，到一个与世隔绝的地方去，再也不必在市郊瞎晃了。

"停车干什么？"道奇在我身后问。

"买点东西。"达伦转过身,冲后座的方向眨眨眼。

我扬起眉毛。车里装满了我们为这次出行准备的东西,这些东西足够填满一个掩体,在里面熬过整个核冬季了。而我们不过是要在帐篷里住上四个晚上。

"好啦——"达伦飞快地将车开进一个超市的停车场,吓得一个女人慌忙间竟把她的玛驰车开到了路沿上,"你们待在这里。我和道奇去给大家买点东西。"

"你说什么?"艾玛抱怨。她用恳求的目光看着她的男友。"我们为什么不能一块去?"

只听尖锐的吱嘎一声,达伦把车开进停车位,拉住手刹,冲她一笑,露出两排闪闪发光的白牙。只是他没有酒窝。

"因为只有我有身份证,要是我往手推车里装东西,你们在我身后转来转去,他们是不会把东西卖给我们的。到时候,这个周末我们就只能喝海水了。"

或是喝可乐、橙汁,要不就是塞在后备箱的八种软饮料中的任何一种。不过达伦有他自己的鬼主意。我身边的马丁在座位上动了动,显然很不赞同这事,却不愿出言阻止。我也没吭声。我不是个爱喝酒的人,而这主要是因为大人不许我喝,不过我对酒这东西挺好奇,再说我也不是小白兔,才不会拒绝这个机会。

达伦和道奇一前一后打开车门,新鲜的空气随即向我扑来。

"你要我们每个人出多少钱?"道奇问,他下了车,走到铺有乙烯基材料的地面上。

"每个人二十块。"达伦说。二十镑？我的眉毛都扬到额头上了。"嗨,这可是四个晚上呢。"他看到我的表情后又道,我知道马丁肯定也是这个表情。

"二十块不多呀。"艾玛说着瞪了我一眼,以示警告。我才不会被她吓倒,回敬了她一个鬼脸。作为我最好的闺蜜,艾玛滴酒不沾,说什么酒会让人变成脑袋一片空白的大傻瓜。不过作为达伦的女朋友,显然就另当别论了。我无奈地去掏钱包。

道奇和达伦关上车门,留下我们三个人在车里,后座上的气氛很不愉快。艾玛压根儿就没注意到,这家伙只顾着张望达伦的宽肩膀了。过了一会儿,他们两个走进了那家大型仓储超市。

"达伦真是帅呆了,对吧?"她叹息道。

马丁扑哧一声笑了出来,又赶紧伪装咳嗽。艾玛斜睨了他一眼,随后把注意力放到我身上。

"对不对?"她逼问道。

"嗯哼……"我耸耸肩。

他长得是不错,不过,我觉得他一脸凶相。他是个大块头,是那种三天不去健身房就浑身不舒服的家伙,他买衣服的商店会播放震耳欲聋的舞曲,那种商店售卖的衬衫会把大大的品牌名称印在前襟上。他比我们大两岁,在艾玛父亲做经理的建筑公司里当工人——她就是这么认识他的。他这人自信满满,走起路来老是趾高气扬。不过这些全是他装出来的,实际上只是纸老虎一个。老实说,我觉得他看起来有点像个傻瓜。至于道奇……

达伦大步流星,道奇则显得悠闲从容。他和达伦一样高,却不如他块头大。他的身材匀称标准,非常养眼。他的瞳色和达伦相似,也是蓝色,却总带着笑意,而不是用赤裸裸的冒犯眼神去看这个世界。他那一头棕发总是各种方向自然生长着,也不像达伦,要用发胶把头发弄得服服帖帖。

"希瑟?"艾玛用一只手在我眼前晃晃,要把我的注意力拉回到她和她的问题上。

"当然。"我对她笑笑,语气中带出适当的热情。

最近我用这样的语气说话已经得心应手了。在过去的六个月里,达伦和艾玛简直成了"连体婴"。要是我想和她在一起,那也得捎带上他。这件事情令我很不开心。我和艾玛五岁开始就在游乐场里一起玩耍,从那以后我们一直是好朋友,可现在只要达伦在,她就被迷得神魂颠倒,像是完全变了个人。

"他是天下第一大帅哥!"她肯定地说,露出一个花痴似的笑容,"他的接吻技术超级棒。"

我知道,艾玛在吸引达伦注意之前,压根儿就没和男孩子接过吻,所以我并不确定她这个判断准不准确,不过我没有发表评论。

马丁咳嗽了一声,这次可是货真价实的,还很不自在地在座位上扭动身体。艾玛都没注意到。

"还有呢，他很清楚自己在做什么，你知道我的意思吧？"她调皮地瞅了我一眼，"我是说——"

"艾玛！"我在她说下去之前截断了她的话，"你说得够多了。"

"什么？"她瞪大眼睛看着我，一脸无辜。恰好这时道奇和达伦回来了，帮我解了围。

"他们回来了。"我说，不禁松了口气。之后，我瞪大了眼睛。"他们是把整个超市里的东西都买下了吗？到底要放在哪里呀？"

答案是，放在脚下，膝盖上，座位之间的狭小缝隙里。这么说吧，达伦把那些东西放在了所有他能找到的缝隙里。要说我刚才坐得很不舒服，那现在我的处境还不如罐头里的沙丁鱼。更糟的是，达伦还把一箱啤酒塞在我和马丁之间，挤得我不得不紧紧挨着道奇，也搞得他只好把手臂放在座椅背上，还要贴在我身上，这样达伦才能把车门关上。他的胳膊微微碰触着我的肩膀，那一点点肌肤相亲的热度让我浑身发烫。我到底幻想过多少次自己坐在他身边，他轻轻地搂住我？只是在这些白日梦中，没有一次是我们挤在这么多箱酒——或人——之间。

"还要多久才能到？"我问。阳光照进车内，车里就跟温室差不多，我全身都是汗。

"一个小时吧，也许多一点。"达伦说着转动发动机钥匙。汽车噼啪一声，颤动了一下，便彻底没了动静。良久，我们都没说话，感觉像是过了很漫长的一段时间。

达伦又拧了下钥匙，用脚猛踩油门。汽车颤动起来，哐啷哐啷直响，却没有启动。

"怎么了，达伦？"艾玛傻笑着说。

他看她的眼神真是有趣极了。

"车子启动不了了。"他咬着牙说。

他气急败坏地又试了一次，转动钥匙后并不松手，让车子一直嘎啦嘎啦地响。周围车里的人都开始扭头看我们。我努力回避他们的目光，真希望车里有地方让我滑到下面躲起来。

"你是汽车协会或英国皇家汽车俱乐部的会员吗？"马丁探身向前问。

"不是。"达伦松开钥匙，等了几秒钟，又使劲儿转动。在抗议了一会儿后，发动机一声咆哮，终于启动了。"成了！"

达伦挂倒挡，将车子倒出停车位，驶出了停车场。车上又多了这么多东西，底盘都被压低了，每次开过柏油路上坑坑洼洼的地方，我都能非常清楚地感觉到震颤。

"达伦，等开到前不着村后不着店的地方，连手机信号都没有，车子会不会坏掉呀？"马丁在车子飞速驶回77号高速公路的时候问道。

"有点信心嘛。"达伦答，"它从前从没叫我失望。"他拍了拍方向盘中央那个沃尔沃标志。

"不对吧。"艾玛高声说道，"上个月你不还给你爸打电话，让他从健身房把你的车拖走吗？"

"那只不过是一次小小的意外而已，除此之外，它一直都特别听话。"达伦纠正道，"别说了！"听到后座传来压低的窃笑声，他便和颜悦色地喝止。他冲我们竖起中指，然后开始摆弄他那套顶级立体声音响上的按钮，按钮亮晶晶的，数字显示板亮着，与这辆老古董汽车那丑陋的塑料仪表板很不搭调。

"马丁。"达伦突然说道。我感觉我身边的马丁有些身体发僵，然后，他费力地去接达伦向后扔过来的一个小东西。他一把把那东西接住，我这才看清楚那是个iPod。"现在该你选音乐了。"达伦告诉他。

马丁惊诧地看了他一眼，勉强挤出一丝笑容。

"欢呼吧。"他说。片刻之后，约翰·迈耶的歌声在车里响起。

"选得不错。"达伦嘟囔着调大了音量。

我们向前驶去，都没有说话，只是听音乐，看沿途飞快闪过的风景。达伦开得越来越快，向坐在副驾驶的艾玛炫耀，搞得她又是笑，又是叫。就这样，除了立体声音响播放的声音，汽车引擎的声音也是震耳欲聋。我很庆幸自己看不到仪表板，这样就不用知道现在的车速到底有多快了；达伦超过了一辆又一辆车，仿佛那些车全都是静止的一样。不过我可不打算抱怨。我现在只想快点到达目的地，好伸伸我的腿，揉揉酒箱锋利的边缘在我身上硌出的瘀青。

我闭上眼睛，向后靠。两个男孩都打开了他们各自边上的窗户，一丝凉爽的风吹进逼仄的空间，将我发辫中的一缕头发吹散，发丝在我脸上拂来拂去。感觉真不错，我放松了下来。我对自己笑笑，让肩膀垮下来，暂时忘记自己正靠在道奇的手臂上。我在过去几个月里的生活只能用疯狂两个字来形容。只要我睁开眼睛，就在看书，看笔记，写出一道又一道题的答案。好在考试总算结束了，而且现在只是七月的第一个星期：假期足足还有六个星期呢。从理论上说，我还要在学校里待一年，不过我已经和母亲达成了一个心照不宣的协议：要是我能取得我想要的成绩，就可以跳级，不读六年级，直接在夏末去上大学。我要到九月份才年满十七岁，所以她要求我必须住家里，至少第一年要这样，但是，那时候我已经是个大学生了。

更好的还在后面呢。道奇收到了同一所大学的有条件录取通知书，也是考古学专业。这并非我选择同一专业的原因，我学这个专业，是因为我从小就着迷于挖掘过去，探索人们曾经的生活方式和信仰，然而，道奇的加入无疑坚定了我的决心。道奇。我下意识地笑得更灿烂了。我喜欢他已经有段日子了。我们一直都彼此了解，自打小学开始就同班。不过我和道奇并不是真正意义上的朋友。反正在几个月前我们还不是。而在这几个月里，艾玛和达伦对上了眼，便消失了，在我的生活里留下了一个空洞，正是道奇走进我的生活，填补了这个空洞。我觉得这都是艾玛的错。现在我们几乎每天都见面，道奇和马丁见面的次数都没有这么频繁。我们有很多共同点。我和你志同道合,他这么说。

我们是朋友,却只是朋友。真不幸。

"希瑟。"他的声音在我耳畔响起,吓了我一大跳。我有点吃惊,却没有睁开眼睛。

"嗯?"

"我的手臂有点麻了。"

天呐。

真是太尴尬了,我猛地向前探头,可我的动作太猛了,差一点就扭伤了脖子。

"不好意思。"我小声嘟囔着,他揉搓着自己的手臂,让它恢复知觉。

"不要紧。"他对我笑笑,可我脸上的潮红怎么也不愿意退去。

"你应该告诉我……"

他耸耸肩。

"你看上去挺舒服。噢——"他看了一眼堆在我周围的东西,"好像是要睡着了一样。"

"是呀。"我羞怯地冲他笑。他还在对着我笑。我搜肠刮肚,想说些什么,这时候我的脸又红了。我可不要说傻话,却想不出什么聪明话。"那个……我们要去什么地方?"

他的眉头拧在了一起。"黑石冢。"他压低嗓音告诉我,听起来很吓人。虽然他的眼睛里充满笑意,我却依然感觉后背直冒凉气。

"听起来好可怕呀!"艾玛坐在前座轻声说,"活像是连环杀人犯弃尸的地方!"

道奇不再看我,我总算松了口气。

"那是个以墓地名字命名的海岬。"他告诉她。

"什么?"艾玛眨眨眼睛看着他,显然是害怕了。

"石冢就是埋死人的地方。"马丁在我另一边解释道。

"达伦,你带我们去那里,肯定不是要干掉我们,对吧?"我问,他一直从后视镜里看我们说话。道奇在我身边扑哧一声笑了出来,我也咧开嘴笑了,"毕竟——"

但就在这一刻,音乐声戛然而止,我也安静下来。

"喂!"艾玛抱怨道,伸手去按按钮。她随手按了几个按钮,只是扬声器里没有歌声传出来,就连吱吱嘎嘎的声音都没有。

"灯不亮了。"道奇说,"保险丝烧断了?"

"最好不是。"达伦说,他一下子拨开艾玛的手,开始摆弄起来,却没弄出个所以然来。"这该死的东西可是新的。"

"达伦,看路!"马丁怪叫道。达伦把注意力放回到路上,刚好来得及把车转开,不然我们就会和前面的卡车车尾来个亲密接触了。

"老天,真对不起!"他恼怒地说。

他猛踩油门,超过那辆卡车,在我们与卡车并肩而行的时候,我看到车身上刷着广告,广告里是个孩子,脸上都是酸奶,对着我快乐地笑着。达伦加速向前,那个广告被甩到了后面,过了一会儿,卡车慢慢跟了上来,那个广告又出现在了我的视线中。

"真是见鬼了。"达伦咬着牙说。

"怎么了,出什么问题了?"道奇说着探身向前,直往四周看。

"不知道……不过仪表板没反应了。没电了。"达伦依旧在用力踩油门,却不见任何效果。

"达伦,我们可是在快车道上。"马丁提醒他,声音显得很急切。

"那还用你说!"达伦厉声道。

"快到慢车道去。"道奇命令道,"快看,前面有一条交流道。看看能不能开到那里去,那样就能下高速公路了。"

达伦按照道奇的建议办了,老沃尔沃缓缓地沿交流道滑行。过了一会儿,我们来到一个交叉路口,这个路口连接的公路上没多少车,从此处开始,坡道渐渐升高。最后,在重力的作用下,车子彻底停了下来。达伦使出浑身解数,总算把车子弄到了泥地停车带上,以免我们被路过的车辆撞到。我们就这么坐了一会儿,大家都没吭声。随后,达伦用手肘把车门撞开,跺着脚走到车前。过了一会儿,他气哼哼地打开引擎盖,这下我们就看不到他那张充满怒气的脸了。

"该死。"道奇叹口气,也下了车。我看着他小跑到达伦身边。

"你也不是英国皇家汽车俱乐部的会员,对吧,马丁?"我小声问。

他哈哈笑了起来。

"反正我也没有车,不是也不要紧,对吧?在这里晒太阳真是活受罪。"

他走到外面硬邦邦已被压实的泥土路面上,冲我伸出一只手,拉着我躲开后座上的障碍物,走到车外。外面其实并不比车里凉快,毕竟是直接站在太阳下,不过外面的空气比较清新,总有微风吹来,况且我还可以活动活动筋骨。

"到底是怎么了?"我们都溜达到达伦和道奇身边,只见他们俩一动不动地站在那儿,盯着里面的机械。他们都没回答,我估摸这可不是好兆头。

我站在发动机边上,随着男孩子们的目光看去,不过我也不确定我在看什么。引擎盖下面有很多管子,还有很多奇形怪状的盒子。这些东西上面全都覆着一层油垢,金属表面生了铜锈,还闪着光。

"试着启动一下吧。"道奇提议。

达伦斜睨了他一眼,像是在说这纯属多此一举,不过他还是走到方向盘后面,听话地转动了一下钥匙。

没有反应。连噗噗声都没有。引擎死一般沉寂。

"看来是电池的问题。"马丁说。他把手插进衣兜,用脚蹭着脚下松散的石块。

"什么？"达伦把身体探出汽车问道。

"电池没电了。"马丁重复了一遍。

"怎么可能？如果真是没电了，汽车在基马诺克就开动不了。"

"当时还有电。你的交流发电机没有充电，不工作了。这种车经常出现这种问题。"他踢了一脚旧沃尔沃布满凹损的保险杠，"电刷粘住了，不能正常旋转。"

我们全都目瞪口呆地看着他，马丁这个人修长健壮，戴着眼镜，更适合带着钢笔和计算器，与扳手、汽车，这些东西根本不搭调。

"怎么？"看到我们看他的眼神，他就用戒备的语气说道，"我就不能精通汽车吗？"

"那该怎么办？"达伦问，他看着马丁的眼神中多了一分敬意。对于这样的变化，马丁只是不为所动地报以一笑。

"使劲儿敲一下交流发电机——"看到我们迷惑不解的表情，他指了指前面的一个银气缸，"让电刷分开，再来个应急电源就成了。"

"那你有锤子吗？"达伦淡淡地问。

马丁点点头。

"我在后备箱里放了把橡胶锤，是用来钉帐篷桩的。把钥匙给我，我去拿。"

我跟着马丁走到汽车后面。

"你怎么知道这些事情？"我小声道。

他诡秘地冲我眨眨眼。

"我堂哥是个机修工。他以前总是负责照顾我。大部分时间我们都待在他的汽车修理厂,我给他当小工。不过说到实际动手,我就不成了……"

我笑了起来。

过了一会儿,马丁翻出了他的橡胶锤,达伦先是用探询的目光看了看马丁,确定他不是在闹着玩儿,然后使劲儿敲了交流发电机几下。

"现在只需要有人借我们电源用一下就好了。"道奇搓着手说。

我们四个人齐刷刷地看着路上。一辆车都没有。我们沉默地等了一分钟。又等了一分钟。

"老天!"达伦突然喊道,"这条道距离高速公路只有五英尺!怎么可能连一辆车都没有?"

"大概是因为这附近没人居住吧。"我提出。我四下看看,只见这片崎岖的地域中只零星分布着几座房屋。

"那是什么?"道奇指着远处路边一栋褪色的绿色建筑问道。

"工场吧。"马丁答。

"那儿停了几辆车。或许有人愿意帮我们呢?"

我们面面相觑。

"谁去问?"最后还是达伦开口道。

马丁旋即接口道,"这车可是你的。"

我觉得这个理由很充足,不过达伦眯起了眼睛。

"你说的不错,如果不是我,我们就只能在后花园晃荡了。"他回嘴,"而且连喝的都没有。"

"你们觉得那里是干什么的?"道奇问,他手搭凉棚放在眼睛上方,望着那座建筑物。我顺着他的目光看过去。没有标志牌,周围没有任何文字指明那里的用途。

"也许是干焊接活儿的。"马丁道,"反正与工业有关。"

"那就是说,里面都是男人……"达伦缓缓地说。

"是的。"

马丁的表情一亮。

"有了。"他敲了一下引擎盖说,"那就派两个姑娘去。只要她们抛抛媚眼,那些人一准儿乐意帮忙。"他冲我眨眨眼,没理会我脸上吓呆的表情。

最糟糕的是,另外两个男孩子竟然好像同意他的提议,不过马丁貌似有点不好意思,所以不敢看我的眼睛。少数服从多数,就算是投票,他们也多出一票,于是我气鼓鼓地把艾玛拉出副驾驶座,不情愿地向那栋小仓库走去。

"记住——要妩媚点儿!"达伦在我们身后喊道。

# 3

我们沿着狭窄的停车带向前走,都没说话,唯有艾玛那双人字拖啪嗒啪嗒响,划破了沉寂。我能感觉到那三个男孩子的目光和阳光一起,炙烤着我的后背,我双臂抱怀,画了个十字。

"真不敢相信他们居然让我们去。"我口吐怨言,"你男朋友就是个草包!"

艾玛没答话,我觉得这表示她同意我的话。

快走到跟前的时候,我们才看到一个标志牌。我注意到标志牌相当专业,说明这里是J.P. 罗伯森父子公司下属的五金加工厂,我不禁松了口气。不过车道上并没有铺柏油碎石。只有一条长一百米的土路通往一个巨大的圆形停车场,几辆车随意停在那里,大部分都是面包车。

我们在外面观望了一会儿，盼着能看到一张友好的面孔，这样就不必进去了，只可惜我们连个活物都没见到。我咬紧牙关，走向巨大的仓库卷帘门右侧的一扇小门，只见这扇门关得死死的。

"还是你来说吧。"我们在门前犹豫不前，这时候我对艾玛说，"你长得漂亮。再说了，他是你男朋友。"她刚想开口争辩，我就补充道。

这一局我赢了。她噘着嘴，却还是从我撑开的门中走了进去。不过她只走了几步便停下了，害得我差点儿撞到她身上，我赶紧站住，走到她身边站定。我们看了看四周，感觉有些傻眼。这里的空间很大，分布着巨大的机械。我能看到到处都有人在走动，有很多男人弓着背干活，袒露着脊背和臂膀。机器轰鸣声震耳欲聋，感觉好像我的脑袋卡在了一面震颤的鼓里，吵得我都没办法思考了。

好像没人注意到我们走进来。我看向艾玛，就见她提心吊胆地望着我。我们是不是应该到处走走？这里好像不安全。墙壁上挂满了危险警告标志。

"有事吗？"一个声音突然从我们右边响起。我扭过头，看到一个十八岁左右的女孩子，穿着满是油垢的连体服，黑色短发向后梳，疑惑地看着我们。她示意我们到一个小玻璃隔间里去，我估摸那里是办公室，然后她关上门。机械的轰鸣声立即就减弱了。我长舒一口气。

"有事吗？"她又说了一遍。

我们陷入了短暂的沉默，我等着艾玛开口，可她没有。

"我们是来找临时电源的。"我解释道，"我们的车坏在公路上了。是交流发电机出毛病了。"我微微一笑，无助地摊开手臂，想着我天生是个机械盲这事儿，兴许能勾起她的同情心。可她只是若有所思地蹙起眉。

"电刷阻塞了？"

"啊，对。我们也是这么觉得的。"

"你们需要一把锤子。"她向对面墙走去，开始在一个抽屉里翻找着。

"锤子的问题我们已经解决了。"我连忙说，"现在就需要临时电源。"

"那好吧。"她对我们笑笑，"我的后备箱里有一块充满电的临时电池。"

"你一直都把这东西放在这里吗？"看着她从一辆破旧的福特嘉年华汽车后面拿出一个鞋盒大小的塑料盒，我问道。

"是呀，我老爸命令我，开车来这里必须带备用电池。要是车子抛锚了，手机信号一准儿也不好。"她直起身子，"你们的车在什么地方？"

我用手一指沃尔沃汽车所在的地方，只见车子在远处闪着光。我看不到那三个男孩子，估计他们到车里躲太阳去了。

"那就上车吧。"

我们乘坐她的车返回,一想到我带着救世主回去,达伦的脸色肯定不好看,我就不禁想笑。他派我去找的可不是她这样的人。

"你们要到什么地方去?"她问,她的声音很低沉,几乎都被嘉年华汽车的轰鸣声盖过了。

"我们去露营。"我说,"斯特兰拉尔附近有片海滩,又漂亮又安静,叫什么黑石冢。"

"啊。"她对我笑笑,"但愿到了那里你们的交流发电机不会再次坏掉。"

我也对她笑笑,可我的心里七上八下的。要是那辆该死的汽车又坏了,我们该怎么办?那个女孩从我的表情中看出了我的想法。

"别担心。"她说着把车停在达伦那辆车的前面,打开车门,"你们不可能到离这里太远的地方。到时候只要走回来就行了。嗨!"她高兴地冲达伦挥挥手,他看到我们来了,便从驾驶座下来。我看到他的脸有点扭曲——这小子显然是盼着我们带回来一个男人,可一看到女孩手里那个笨重的东西,他的目光就转不开了。"听说你们需要临时电源。"

"是呀。"他恢复了正常,露出一副讨好的微笑,"是呀。不错。"

他打开引擎盖,走回来,双臂抱怀,看着她走过去娴熟地将两根线缆连接在复杂的汽车零件上。他扬起两边眉毛,显然是被镇住了,我见状不禁得意起来。

"要不要去启动车子看看?"女孩问。

他照办了,过了一会儿,车子真的启动了。我们继续充电十分钟,在这期间,达伦一直在感谢那个女孩,以此表现出他是个得体的人。我注意到,他根本无意感谢我和艾玛。

充完电,我们的车一直没有熄火,就这样,我们回到了路上。

我们谁都没去过我们要去的那片海滩。道奇的父亲在十几岁的时候,常和朋友去那里钓鱼和露营。他给了我们一张纸,上面潦草地写着路线,达伦一直没把那张指示图当回事,可到了海岸小镇斯特兰拉尔,他就不得不依赖它了。

"艾玛,你下去,让道奇坐到前面来。"他把车开到路边,停在双黄线上,开着发动机,这么做可是违法的。

艾玛气坏了。

"你说什么?达伦!"

"对不起,宝贝,但我对你的指路能力没什么信心。你还是到后面去吧。"

"就因为我是个女生?你这是赤裸裸的性别歧视!"

"不是因为你是女生,而是因为你是你。我宁愿让希瑟来指路——"我忍了又忍,才没有露出自鸣得意的表情,"不出五秒钟,你就会把我们带迷路。"他盯着她,顿了顿,"快点,可别让我动手。"

她瞪了他一眼,有那么一会儿,我还以为她不会听话。我看着他们两个,为她的公然反抗而骄傲,热切期待他们之间能擦出火花。可道奇已经下了车,就在他打开乘客门的时候,她毫无怨言地让出了位置。她充满怨恨地小声嘟囔了几句,重重地坐在我身边。现在换成艾玛坐在我身边,我周围的空间变大了,只是她一脸不高兴,很快我就发现,我有多希望刚才坐在我身边的人能回来。

我急着躲开她的怒气,便探身到前面两个座位之间的空隙,时而看道奇和达伦商量该怎么走,时而沉醉在风景中。

"快到了吗?"我问。我们路过的标志牌上的地名全都很陌生,我也没看到任何像我们的目的地黑石冢的地方。

"快了。"道奇扭过头来,对我笑笑,"就要到了。这里转弯,达伦。"他指指左边。

达伦操纵沃尔沃汽车,转过弯道,来到一条单车道上。路两旁都是高耸的树篱,遮住了田野。渐渐地,这条路向下延伸,而路的尽头就是……

"大海!"我喊道,立马坐得更直了。

一片深蓝色的大海出现在我们面前,闪烁着点点光辉,在淡蓝色天空的映衬下,大海宛若一块蓝宝石。我热切地眺望着大海。对于一直居住在苏格兰腹地的我来说,这样的景色很罕见,特别是此时天气明媚,海景就更美不胜收了。

"到了吧,我们要去的就是这里?"我兴奋地问,我现在十六岁——就快十七岁了,但我的声音听起来好像年轻了十岁。

"大概是吧。这条路在海岸边还有一段,然后才能沿着坡道向下开。"道奇研究了一番那张匆忙画出来的地图,然后答道。

达伦驱车沿路而行,这条路七拐八弯的,越来越窄,最后只剩下一条窄路供我们行驶,我都等得不耐烦了。树篱中的荨麻、荆棘和长长的草不停地刮擦着车身,我们只好摇上车窗。仅此一次,达伦匀速开着车,躲避路上的凹坑,开过最难走的碎石路面。

"这是什么鬼地方?"他生硬地问。就在此时,汽车底盘传来一声很大的摩擦声,轮胎陷进了一道特别深的深坑里,他终于大怒。

"我觉得我们快到了。"道奇一边说,一边蹙着眉,专心致志地研究手绘地图,"我爸说左边有条土路,沿着那条路就能到海滩。"

"他有多久没来过这里了?"马丁问,"那条路现在还有吗?"

"有呀。"道奇含糊地说,"他的朋友去年夏天还来这里垂钓呢。他说那条路还在,而且还是那么荒凉。你就……你就多注意点。兴许草长得太高,把路挡住了,我们看不到。"

我们在一片沉寂中向前驶去,音乐声停了,只有引擎的轰鸣声和风扇旋转的声音在耳畔响起。植物一直在抽打车子,我们关上了窗户,这会儿风扇已经超时工作了。我们每个人都目不转睛地盯着左边,生怕一眨眼睛,就错过了弯道。

事实证明那条小路相当好找。

"在那儿!"道奇说着一指。

只见树篱中出现了一道很宽的口子,那里的植物被我们都感觉不到的风吹得乱七八糟，像是在和我们招手一样。达伦笑了，开着车转过这个急转弯。接下来是一道陡峭的坡道，整条路横跨一座小山丘，那座小山上光秃秃的，没有任何植物，说是悬崖峭壁更合适。小山脚下有一个小停车场，那里的土都已被压实，一道低矮的石墙分隔开停车场和杂草丛生的沙丘。在沙丘的另一边，我能看到光滑的沙滩和波涛滚滚的浩瀚蓝色大海。

达伦随意地把车停在这个简易停车场的中央，他尚未拉上手刹，四扇车门就都打开了，所有人鱼贯而出。

我们就像一群小孩子，兴奋地沿着这条沙丘之间的沙路向下，一直望着在阳光下闪烁晶光的无垠海洋。这个地方非常荒凉，广阔的蓝天中连只飞鸟都没有，四下里一片静谧。海滩长几百米，呈新月形状。两端都是滚落下来的岩石，我们后面的山上长满了欧石南和长草。在我们现在的地方根本看不到来时的路，因此，这里显得无法接近，被保护得严严实实，而且是彻底孤立。

"天地间就剩下我们几个了。"达伦笑道，"我打赌，方圆几英里内连个人影都没有。"

"真是太可怕了。"道奇也笑了。

可怕，说得太对了。我缓缓地转了一圈，望着宜人的海滩，起伏的群山，还有这片空旷的地域。忽然之间，我紧张起来，但我强忍着，不表露出这种想法。这么说，我们终于可以独处了。了不起。这就是我们想要的结果，不是吗？我看着道奇，希望从他那里得到肯定，好让我自己安心。

"现在是不是该把东西卸下来了？"我尽量不让自己声音颤抖。

我们往来了几趟，才把东西都安排好。父母允许我们来这里，前提是男孩和女孩各用一顶帐篷，我们的物资都是平均分配的。而我和艾玛的东西大都由我一个人搬运。在第一次回车上搬东西的时候，艾玛看到了一条鱼，有人把它钓上来，却丢弃了，任由它在那道低矮的石墙顶端受阳光炙烤。那条鱼已经干透腐烂了，蛆虫在它的肚子里蠕动着。死鱼散发出臭气，看起来很恶心。艾玛拒绝靠近那东西，所以，要么是我一个人去搬运，要么不要帐篷、衣服和洗漱用品……

其实我本想只拿我自己的东西，但我不愿意表现得很小气。不过我的怒气是显而易见的。艾玛侧卧在那里，享受日光浴，还美其名曰"看守我们的东西"，于是，每次我卸下东西，都会把沙子扬到她身上。这会儿是下午三点左右，天气十分闷热。爬上那座低矮的小山，我已经汗流浃背，还尽量屏住呼吸，以免闻到那条腐烂的鱼散发出的恶心味道。对于她刚刚表现出来的自私，我低声抱怨了几句，然后绕到汽车后面，伸出手臂，准备去搬艾玛那袋沉重的化妆品（这是另一个她最近才培养出来的坏毛病）和两个装在护套里的睡袋。我的手指却抓了个空，后备箱里竟然是空的。

"喂，谁看到——"我四下一看，正好看到马丁和道奇向沙滩走去，我们其余的东西都搭在他们的肩膀上，显得很费力。

我看着他们走远，不禁陷入了沉思。我很不习惯别人帮我的忙。啊,男孩子们为了我而做这件事。我可不是那种只会尖叫求助的落难少女。

过了一会儿,我耸耸肩,从后座上拿出最后一点儿物品——一个气垫和一罐驱虫水,跑去追他们。

"谢啦。"看到他们把东西都放在其余物品边上,我说道,还有点上气不接下气。

"不要紧。"马丁笑着说。

道奇冲我笑笑,还眨了眨眼睛。

眨眼睛?

我的脸腾一下变红了。所幸两个男孩子都去整理他们自己的东西了。达伦正忙着在那些盒子和袋子里翻找着什么,只有艾玛可能看到我的窘样,不过她这会儿闭着眼,戴着太阳镜,正在晒的太阳。

"艾玛!"我吼道,这个只知道干坐着的队友真把我气坏了,"过来帮忙。"

她把太阳镜抬到额头上,用好奇的目光看着我。

"什么?"

"过来帮忙。"我重复了一遍,"该支帐篷了。"

"现在吗?"

"除非你愿意摸黑干?"我尖刻地说。

五分钟后,我发现我还是宁愿她去沙滩上躺着。艾玛不光帮不上忙,还净添乱。她就知道傻站着,什么作用都起不了,一会儿调整背心的肩带，一会儿拉拉裙子的下摆，还总是回头看达伦有没有在看她。没有她的帮忙，我一个人拆开帆布，在这片凹凸不平的海滩上确定方向。然后，我找出帐篷杆，把它们插进沙滩里，形成一条长而弯曲的线。

"扶住这个。像这样。"我命令她。

她不紧不慢地走过来，顺从地站在我指定的地方，握住一根插进地里的帐篷杆的一端，我则跑过去弄好夹子，把帐篷支起来。艾玛看了我几眼，便扭过头去看向男孩子们所在的地方，不过只有马丁和道奇在干活，他们的进展要快得多。他们已经钉好了帐篷桩，撑起了帆布篷顶。达伦似乎是在"监工"，他只是站在沙滩上，妄自尊大地指指点点。

"他们的帐篷可比我们的大。"她噘着嘴说。

"他们是三个人。"我提醒她。

"他们的个子比较高。"

"没错，情况就是如此。"我一面生气地说，一面费力地把帆布篷顶用力抛到帐篷顶上，"现在你可以松手了。"

她松开帐篷杆，我焦虑地等了一会儿，不过帐篷依然矗立着，没有倒下，我对着帐篷笑笑，很满意自己的劳动成果。

"完事了吗？"她问，目光又瞟向了达伦，这会儿，那家伙坐在折叠椅上，正把酒瓶塞进冰箱里。

我重重吐出一口气，不过这根本就吸引不了艾玛的注意力。

"你的活完了。"我说。

艾玛假装没听出我话里的含义。

"太好了。"她露出一个灿烂的笑容,小跑着去找她的男朋友了,丢下我一个人去鼓捣绳子和歪歪扭扭的帐篷桩。

我自己干起活来速度相当快,后来马丁和道奇过来帮我拉紧绳子,用马丁的小打气筒吹起气垫,速度就更快了。即使如此,也是快到晚饭时间了,我们才在达伦屈尊为我们拿出、摆好的折叠椅上坐下歇会儿——在整个搭帐篷的过程中,这是他做出的唯一贡献。

"来点儿酒?"达伦问,向我、马丁和道奇的方向举起一罐啤酒。

我盯着那罐酒。啤酒罐闪着光,冰箱里的冰让它变得冰凉,晶莹的水珠顺着闪亮的银罐向下流。不过我其实并不想喝啤酒。我出了很多汗,额头上都是汗珠,嘴巴发干。天这么热,我又一个人完成了大部分搭帐篷的工作,这会儿头疼得厉害。我只想喝水或是碳酸果汁,只是这些东西都埋在小山高的酒瓶下面。我能想象到达伦听到我的这个想法后会露出怎样的表情。更重要的是,道奇会怎么想?这情况真是进退两难,我不由得愁眉苦脸起来。

但我不想表现得太幼稚,于是伸出手,可当我看到道奇的表情,便停下了手上的动作。他皱皱鼻子,冲达伦轻轻摇摇头。

"等会儿再说吧。"他道,"我饿了。咱们烤肉吧?"

# 4

## 现在

"希瑟,可不可以聊聊你的自信问题?"

彼得森医生的声音打断了我的沉思。我不确定他说了多久,我并没有听。不过这个问题叫我很恼火。

"我的自信没问题。"我反唇相讥,跟着沉下脸。我真气我自己,被他一激,就开口说话。

二比一,他又赢了一场。这是我生气的另一个理由。他得意扬扬地笑了。

"你不愿意谈及你的情感,这一点你不否认吧?换句话说,你不相信你的自我价值。我们来谈谈你对你的朋友道格拉斯的感情吧。"

我张开嘴,很想纠正他:道奇不喜欢别人叫他道格拉斯,可我又闭上嘴巴。深吸一口气,冷静下来,恢复冷淡的表情。我不会谈论道奇。不会和他谈论道奇。

一个小时过去了,我能感觉得出来,情势扭转了,现在局面对彼得森有利。我走进来时装出的那副自命不凡的模样此时在我脚下碎了一地。我费了很大劲,对他挤出一丝笑容。这个笑容中没有一丁点温暖,倒透着几许疯狂的意味。我看到他在我的注视下不自在地扭动了一下身体,这下,我发自真心地笑了,几乎有些不受控制。他清清喉咙。

他的下一招会是什么?自信的话题给了我重重一击,我当时有些分心。此刻,我集中了全副精神。就好像站在拳击场里的拳击手一样聚精会神,等待对手出招。也许是猛烈的刺拳,也许是勾拳,还有可能是上勾拳。他会怎么使出那击倒对方的一拳?

就在彼得森深思熟虑的时候,我打定主意假装冷漠,严防死守。我叹口气,转开目光,仿佛我觉得很无聊。

我的确很无聊。我厌倦了我们无休止地兜圈子。厌烦了假装我现在神智正常,而事实上打从一开始我就没有疯过。厌倦了可以离开这个鬼地方的梦想。

至少我告诉自己我很无聊。而我几乎相信了。

我心里其实很害怕。恐惧感一直与我如影随形,此时此刻,它在我心里翻搅着,只是我与它相伴已久,几乎可以不去理会。此时此刻,青天白日,我心中的阴影被击退了,差不多可以说是被击败了。而唯一的怪物就坐在我对面。

"希瑟,我和你的母亲谈过。"他停顿了一下,急切地要看我有何反应。我眨眨眼,无动于衷。"她告诉我,你一直拒绝接听她的电话……"

他没有说下去,希望我能做出反应,填补此时的沉寂。随便什么反应都行。

我只有一个反应:那就是我对她无话可说。

我没有把这话说出来。不光是因为我不愿意让他称心如意,以为我已经向他敞开心扉,而是因为我不愿意承认这一点,甚至不愿意向自己承认。但这是我的真实想法。我无话可说。对她如此,对我的其他家人也是如此。因为,他们不相信我……除非他们相信我,否则我绝不与他们说话。

我对彼得森也是如此。只是对我而言,他压根儿就无足轻重。

他不作声,只盼着我能说话,沉默就这样持续着。我开始打量他的办公桌。我牵动嘴角,露出一抹笑容。那把银制的拆信刀不见了。我第一天来这里的时候,它就在他的桌上,摆在最显眼的位置。从那以后,我每次来,它都在。一个精神病医生把那样一个东西放在办公室里,真是愚蠢至极。锋利。致命。我保证,我绝不是唯一一个试图用那把刀去刺他脖子的人。我只好奇,我会不会是最终成功的那一个……

"希瑟?"

听到他用提问的语气唤到我的名字,我抬起头来。这只是个下意识的动作,却让我大为光火。我瞪着他,目光灼灼,充满蔑视。他欠了欠身,以为他看到了眼泪。

"她很想见见你。"他降低了音量,显得耐心、友善、迁就。你几乎可以从他的语气中听到爱意。

就像用牙齿啃咬羊毛的吱吱声。我没有反应。噢,我撇了撇嘴,这一点,我没忍住。

"你母亲是在给你第二次机会。"他轻声责备道。

是吗?我在心里苦涩地笑了。应该由我来给她第二次机会才对。如果我决定这么做的话。

我再次镇定下来,继续微笑着注视着他。我知道接下来会怎么样。又是一轮猛烈的攻势。说什么要是修复了我与家人的隔阂,就表示我进步了。或许还可以让我继续攀上他那个信任的梯子。

不过他接下来的话叫我大吃一惊。

"给我讲讲石冢吧,希瑟。说说你在那里都见到了什么。"

# 5

## 曾 经

等到我们在道奇带来的那个便携式小烤炉上烤肉饼的时候,太阳都快落山了。夕阳悬挂在海平面上方,第一道美丽的晚霞出现在万里无云的蓝天里。我向后靠在椅子上,肚子吃得饱饱的,任由白天的最后一点暑热划过我的面庞。

"该生火了,你们以为呢?"马丁轻声问道。

一听到火这个字眼,道奇和达伦都一跃而起,满怀着渴望和热情。达伦的脸上不再有平日里那种冷漠、高人一等的表情,突然一下子变得年轻了很多,也可爱了许多。看到他愉快地搓着两只手,我真想对他笑笑。

"当然。"他说。

我和艾玛都没动。这显然是男孩子该干的事儿。他们先是挖了个坑,再把匆忙拾来的柴火放好。看着他们忙前忙后,我真想知道他们有没有做过童子军。马丁有可能。他的行动似乎最为目的明确,负责将树枝摆成圆锥状,将一团纸放在中心,用火柴把纸点燃。

"我来加点料。"达伦说着举起一个瓶子。我蓦然意识到,那里面是伏特加。

"不要!"马丁喊道,他跳起来,抬高一只手臂,去阻止达伦,而那小子正要把酒倒进冒着烟的一小团火里。

电光火石之间,友好的气氛消失殆尽。达伦怒发冲冠,眯起眼睛,双手握拳,宽厚的肩膀和二头肌在滑稽的紧身T恤衫下面绷得紧紧的,隐约可见。马丁一看就知道情势不妙,他的表情从警惕和恼怒转变成了恳求。

"我只是不想浪费而已。"他强挤出一抹笑容,"火一定能生着,只需要等一会儿。"

"不过既然你都把伏特加拿了出来……"道奇出现在达伦身后,手里拿着一摞塑料杯。

气氛有点尴尬,达伦依旧盯着马丁,几乎不加掩饰他的侵略性。过了一会儿,他转过身,在道奇举过来的杯里倒满酒。我看着达伦在透明塑料杯里倒了半杯伏特加,然后道奇倒入可乐,把杯子填满。这一次,在他递给我杯子的时候,我没有犹豫。这样就不会显得我从未喝过酒了。

我抿了一小口。我知道,至少道奇在看着我,于是,我竭力不露出厌恶的表情。可乐根本盖不住伏特加的辛辣味道。那味儿真是叫人作呕,活像是在喝发胶。不过大家都没抱怨,我就又喝了一口。还是那么难喝。我回到座位上,心想只要有机会,就得再加点可乐。

"那我们现在干什么?"达伦在火堆另一边问道。正如马丁保证的那样,火果然烧得很旺,达伦的脸在橙色火光的映衬下闪闪发亮。天黑得很快,在他身后,越来越暗的阴影笼罩住了大地。

"玩真心话大冒险,怎么样?"艾玛笑着提议道。

"真心话大冒险?"马丁重复了一遍。他的语气有些尖刻,不过从他的眼里我看出他其实很害怕。

我和他一样。一想到我要在道奇面前说的话或做的事,我的心里就七上八下的,他却显得很热情,笑容满面。

"听起来不错。"道奇说。他转过身,带着质疑向我扬起一边眉毛,"希瑟,你说呢?"

我还能说什么?

"那好吧。"我嘟囔道。

马丁不那么热情地叹了口气。"那就玩吧。"

"很好,真心话大冒险。"达伦一口喝光杯里的酒,很快又倒了一杯,也给艾玛倒满,将剩下的半瓶酒放在双脚之间,护住酒瓶,"谁第一个来?"

"就你吧。"马丁提议。和我一样,达伦肯定会拒绝真心话。

"那好吧。"达伦说着站起来接受挑战。

"真心话还是大冒险?"艾玛急不可耐地问。

"大冒险。"

她这下可不乐意了,我知道她肯定想问他一些早已设计好的重要问题,比如他爱不爱她。我觉得达伦喝多了,不太适合回答这类问题。我也是。我又喝了一大口,心里明白,很快就会轮到我了。

"我想到了。"道奇向前探身,搓着手,"我打赌你不敢到海里去。先走到齐胸深的地方,再把脑袋扎进水里。"

达伦目瞪口呆地看着他。

"爱尔兰海,很可怕的。超级冷!"

"胆小鬼!"

这几个字一出,似乎刺激了达伦。他突然一下子从椅子上跳起来。

"瞧好了。"他开始漫不经心地脱衣服,差点把牛仔裤扔进火里,害得艾玛连忙把裤子从火边拿开。"有女士们在场,我还是不要脱内裤了。"

他对马丁眨眨眼,邪恶地笑了,接着走过沙滩。

我们待的地方距离大海有五十米,却依然能听到他在双脚触及海水的那一刻倒抽一口气。他还是迎着波浪向前走去,最后一抹日光映衬着他的轮廓。他走出去很远,海水已经没过他的肩膀,这时候,他潜到水下,地平线再次变成了一条直线。片刻之后,他再次出现,一半是游泳,一半是跑着,奔向岸边。他一离开海水,就拼了命冲到火边取暖。

"老天,这可是波罗的海!"他冻得直哆嗦,在原地跳上跳下,伸出手烤火。他的身上起满了鸡皮疙瘩,叫人印象深刻的肌肉在皮肤下面抽搐着。

他的四角裤都湿透了,很不雅地紧紧贴在身上。我尽量不去看不该看的地方,特别是他还把内裤脱了,才穿上牛仔裤。

"你不穿上T恤吗?"达伦光着膀子坐回椅子上,马丁不高兴地问道。

"还是等我先把身体晾干再说吧。"达伦冲他咧嘴一笑。他直视着马丁的眼睛,抖了两下胸大肌,活像是在表演下流的舞蹈动作。

"炫耀狂。"马丁咕哝道。他的声音很低,只有我能听到,因为我们的椅子靠得很近,只有一臂的距离。不过达伦笑得更灿烂了,我不知道他是不是猜到了马丁在想什么。

"下一个谁来?"达伦问。

"你来选吧。"艾玛告诉他,用脚趾碰了碰他那伸展开的大腿。

"那我选你。真心话还是大冒险,美人儿?"

艾玛咯咯笑了两声,因为得到了他的关注而狂喜不已。我把头扭到一边,翻了翻白眼,正好注意到马丁的目光。他不起眼地模仿了一个射击自己头部的动作，我不禁默默地笑了。

"啊，我不知道。"她又咯咯笑了起来。

"快选一个吧，艾玛。"我说，也许我的语气太重了。她冲我吐吐舌头。

"大冒险。"她总算说道。

"很好……"道奇说，不过达伦举起一只手。

"我想到一个好主意。"

"什么？"艾玛担心地望着达伦。我也是。我可不希望他提出什么会叫人出丑的大冒险，因为我知道要是我选择真心话，艾玛会问什么问题。

"脱掉你的上衣。"

"什么？"

"快点，宝贝。我自己在这里半裸，感觉没遮没掩的。"

"那你可以穿上T恤呀。"马丁说，达伦没理他，只是盯着艾玛，颇具暗示性地动了几下眉毛。

她咬着嘴唇，显得有些迟疑，过了一会儿，她从头上脱掉了无袖T恤。她里面穿了件系带比基尼胸罩。看到这一幕，我觉得自己还不如干脆死了算了。艾玛，我的艾玛，她本该窘迫难当才对，却很享受别人的关注。我看到她环视众人，确认三个男孩子都在看她。当然如此，只是马丁把眼别开了一会儿。道奇倒是一直盯着她看，欣赏地扬起眉毛，嘴角挂着微笑。

我感觉很不是滋味。首先是因为他竟然那样看着她。其次……我绝不可能脱掉我的衣服。难道今天晚上就要这样度过吗？我一口气喝掉杯里的酒，好浇灭一直在我肚子里蠕动的恐惧。达伦看到我喝光了酒，便冲我举起酒瓶。我犹豫了片刻，还是伸出杯子，让他倒酒。道奇把可乐递给我，我把可乐倒进杯里，杯子一下子就满了。

"好啦，"艾玛不怀好意地说，对于刚才成为众人瞩目的焦点，她很是满意，"我选道奇。"

"真心话。"他不假思索地说。

艾玛别有用心地看了我一眼，我感觉脊背发凉。不要，艾玛。求你不要，我心想。

"你有喜欢的人吗？"她问道。

我想再喝一口伏特加，却怎么也咽不下去。我面前的世界向后缩了一点，仿佛我是通过一条隧道在看这个世界。我不知道这是酒精在作祟，抑或只是因为我很尴尬。

道奇似乎觉得这个问题没什么打紧。

"有。"

"是谁？"

我等着他的答案，心跳都停止了，可他向后靠在椅子上，依旧笑眯眯的。

"这是两个。"

"什么？"艾玛眨眨眼，被搞糊涂了。

"你问了两个问题。但你只有权问一个。"

我又能呼吸了,艾玛气得脸色大变。

"可这不公平!"她尖声说。

"不,这很公平。"道奇表示不同意。

"达伦!"艾玛扭头看着他,想征得他的支持,可他只是一个劲儿地笑。

"对不起,天使,是你不会问问题。"

"胡说八道。"艾玛抱怨道。

道奇耸耸肩膀,摊开手,一脸无辜相。我没吭声,只盼着别人听不到我肾上腺素飙升后心脏狂跳的声音。这么说,他有喜欢的人了。我很想知道那个人是谁,失望感压得我喘不上气。但愿不是艾玛,我心想。除了她,是任何人都行。

"道奇,你选希瑟还是马丁?"达伦问。

我等待着道奇的回答,甚至都不敢看他。我希望他选我,又不希望他选我。沉默还在继续,最后,我看了他一眼。他若有所思地注视着我。我也看着他,过了一会儿,他别开了脸。

"马丁。"他说。

达伦的脸上漾开了一抹邪恶的微笑。

"真心话,还是大冒险,马丁?"

马丁在座位上调整了一下姿势,看起来很不自在。毫无疑问,他肯定在琢磨达伦要用什么法子整他。"真心话。"他缓缓地说。

达伦脸上的笑意更深了。

"你喜欢谁?"

一时间,没人说话。大家都瞅着马丁,他摇摇头,双臂抱怀。

"我不回答这个问题。"他直截了当地说。

"得了吧。"艾玛斥责道,"大家都玩了这个游戏。"

"我不在乎。我就是不回答。"

"那你就要接受大冒险了。"达伦告诉他。我听得出他的声音中透着恶毒的快意,但他不可能把马丁怎么样。

"没问题,你说吧。"

达伦立马就给出了回答,由此可知,他早有预谋。

"我打赌你不敢亲希瑟。真正的吻哟,可不是在脸颊上蜻蜓点水地吻一下。"

一听到我的名字,我就感觉五脏六腑都拧在了一起。我先是看看达伦,跟着又看看马丁。我知道自己又是惊讶又是尴尬,眼睛瞪得像铜铃;另一方面,马丁则彻底蒙了。他盯着我看了一会儿,然后向左稍稍移开目光,注视着我的身后。道奇就坐在那儿。我根本不能转身去看他有何表情;那样的话,我还不如把剩下的酒倒在身上,率先跳进火里算了。

过了恐怖的几秒钟以后——感觉却像是一年那么漫长,马丁扭头看着达伦。

"不行。"他坚定地说,"我做不到。"

"为什么?"达伦问。

"因为这很蠢。我可不想把自己推到尴尬的境地,而且,我也不愿意让希瑟难为情。再说了——"他又向道奇的方向看了一眼,"你知道,你出的是个馊主意。还是算了吧。"

"你必须选一个,这是游戏规则。快选。"达伦的声音很不友好,极富侵略性。我早就料到他们会打架,估计我的预言很快就要成真了。

"我不选。"马丁不同意,在座位上向前探身,像是要站起来似的。随着睾丸素继续升高,达伦也动了起来。

"马丁,真心话大冒险就是这么玩的。"艾玛插话道,与达伦站在同一边。

"那我不玩了。"

"你是个胆小鬼吗?"达伦轻声问。我看得出来达伦惹恼了马丁。马丁站起来,在我们面前站定。

"不是。"他缓缓地说,着重强调这两个字,"我不是胆小鬼,你很清楚。"

"你就是。懦夫!"达伦也要站起来,只是道奇的速度比他快,他一下子站起来,一把搂住达伦的肩膀。

"好啦,真心话大冒险玩够了,我肚子饿了。谁要吃烤棉花糖?"

## 6

虽然他们花了点时间才安排好,但和道奇希望的一样,棉花糖确实分散了大家的注意力,使得紧张的氛围渐渐化解了。我们用不适合烧火的细树枝把粉白色的棉花糖串在一起,放到火上烤,不多一会儿,棉花糖融化成了奇怪的形状,边缘都发黑了。我把第一块糖直接扔进嘴里。喝了达伦的伏特加后,我的感觉变迟钝了,忘记棉花糖的芯熔化了,非常烫。我的舌头和上牙膛都被烫到了,疼得我高声尖叫起来,活像一只激动的鹦鹉。过了一会儿,有人递给我一罐冰饮,好缓解我的疼痛。我咕咚咕咚喝掉了一半,才意识到罐子里是啤酒。真难喝。我想把酒吐出来,却只是把酒喷到了上衣上。

良久,我才把身上擦干净,和大家一起笑。

"你知道,"达伦告诉我,还色眯眯地斜眼看着我,"你身上湿透了,也可以加入光膀子的行列了。"

"达伦!"艾玛使劲儿打了一下他的手臂。我看后笑了起来,不过我更多的是觉得难为情。

"我看我还是去穿件上衣吧。"我喃喃地说,"反正天也变冷了。"

帐篷里很黑。我解开门口的拉链,走进去。这本来应该是个四铺位帐篷,实际上却只容得下一张双人气垫,我们的睡袋并排摆在气垫上。另外两个铺位在什么地方呢,我弄不清楚。我从气垫边缘绕到一角,装衣服的帆布包就在那里,我从中抽出一件黑色厚帽兜罩衫,穿的时候衣服卡住了头发,弄散了我的马尾。我不耐烦了,猛地把皮筋从最后几处缠结的头发里拉出来。我的头发这会儿大概就跟干草堆一样,我只希望天够黑,大家注意不到这一点。我有点醉了,没那个气力去把头发梳好。

我回到火边,棉花糖就快烤好了,我们几个人都安静了下来。我很想知道几点了,感觉上不是很晚,我看了看手表,表盘却晃来晃去,怎么也看不清楚。

"给你。"道奇在我坐下来的时候交给我一个东西,我接过来,才看清楚是什么。"你的啤酒还没喝完。"

"谢谢。"我说着握住啤酒罐。

"你把头发放下来很美。"他评论道,"我以前都不知道你的头发这么长。"

听到他的话，我的脸一下子变得通红，不知道该说什么才好，只好挤出一个尴尬的微笑，喝了一大口啤酒。我注意到啤酒的味道稍稍好了一点。也许只是因为刚才那块棉花糖破坏了我的味蕾。

"几点了？"马丁问，我趁此机会别开脸。

"午夜了。"达伦说，他还压低声音，制造出叫人毛骨悚然的气氛，"真是讲鬼故事的好时间。"

"依我看，你已经想好讲什么了吧？"马丁问道，只是他的语气里少了惯常的那股犀利劲儿。他微微一笑，似乎表示他很愿意加入到讲鬼故事的行列。

"被你说中了。"达伦晃晃手指，"不过你们得坐近点，孩子们。这个故事只能小声讲，不然就没意思了。"

他这是在故弄玄虚，有些过头了，不过我们还是乖乖听话，拿起折叠椅，更靠近火堆。我很开心。不管是不是仲夏，这里依旧是苏格兰，气温在下降，不断有冷风从海上吹来。一阵微风吹进我的衣服的缝隙，我冻得一哆嗦。

"冷吗？"道奇坐到我身边的海滩上问。

"有一点。"我承认。此时马丁坐到我的另一边。达伦走到我们对面坐下，艾玛差不多就是横卧在他的腿上，他们两个依然裸着上身。看到此情此景，我感觉更冷了。

"过来些！"道奇伸出一只胳膊搂住我，开始揉搓我的上臂，"我会叫你暖和过来的。"

我知道,这不过是个朋友间的动作,但我依旧紧张到了极点,又是害羞,又是尴尬。我拼命让自己看着他,对他露出一个怯生生的笑容,然后定定地看着火焰,令人目眩的白色、黄色和橙色的火焰晃来晃去,我不由得出神了。达伦在我们对面又拿出一瓶酒,这次是深琥珀色,传着给大家喝,接着,他讲了起来。

"这个故事是我老爸讲给我听的。而他是在和我们年纪差不多的时候,听这里的一个山民说的。故事的名字叫'枝——条——人'。"

他故意拉长音说出最后三个字,不知道是因为夜凉如水,还是漆黑阴森的海滩,又或者是因为在他讲故事的时候我一口接一口喝掉的酒——估计是威士忌——反正我不由自主地颤抖起来,感觉毛骨悚然。

"你还好吗?"道奇轻声对我说。他的呼吸呵到我的耳朵上,感觉痒痒的,不过他的关心让我觉得自己是个傻瓜。我忍了再忍,才没有移开一点点。

"就是有点冷。"我小声告诉他。

他的反应就是更紧地搂住我,把我的头按在他温暖的肩膀上。我拼命保持均匀的呼吸,将注意力放在达伦身上,那小子这会儿正邪邪地笑着,很享受成为关注的中心。

"话说在几百年前,也就是黑暗时代,异教徒四处游荡……"

"才不是这样。"马丁小声打断了达伦。

"什么?"达伦厉声道,这会儿他不再用可怕的语气说话,神秘感被打破了。显然他很不爽被人打断。

"在黑暗时代，那些人叫基督徒，"马丁说着扶了扶鼻梁上的眼镜，"铁器时代才叫异教徒。"

"这有什么要紧吗？"达伦吼道，目露凶光。

"说说而已。"马丁嘟囔了一声。

"别废话了。"达伦深吸一口气，环视众人，再次俘获听众的注意力。"话说在几百年前，也就是铁器时代——"他瞪了马丁一眼，马丁假装满意地点点头，"——异教徒四处游荡。他们身着黑色长袍，在深夜中聚集，膜拜邪恶野蛮的神明。这些神明都是魔鬼的奴才，他们要的不仅仅是崇拜那么简单，他们还索要祭品。"

篝火周围响起寥寥几声笑声。达伦的声音叫我想起了万圣节特别儿童电视节目的主持人，努力想要在制造恐怖气氛的同时叫人觉得愉快，实际上却特别夸张。达伦撇了撇嘴，承认自己有点像蹩脚演员在表演，可接着，他皱起眉头，我们就都安静下来，他继续讲了下去。

"我的朋友们，最邪恶的神明是一个强大的幽灵。它没有名字，没有形状，异教徒最害怕这个幽灵怪物。它不满意让献祭的处女立即死去，于是用石头划开她的喉咙，享受这份痛苦、折磨和苦难。它渴望火焰。"

我听到道奇在我身边又扑哧笑了一声，我用眼角余光看到马丁在翻白眼——就连艾玛看的都是达伦的肌肉，而没有注意听故事。

达伦似乎一点也不在乎。他的目光落在我身上,我尽量表现得好像陶醉在故事里,惊恐地睁大眼睛。

"为了让那个恶灵满足,异教徒每年都会用木头和榛树枝条建造一座巨大的人形雕像,向它表示敬意。这个枝条人的心脏位置是个空洞,刚好容纳得下一个人。后来,一个旅客恰好经过异教徒的土地。他在那里待了一段时间,寻找食物,传递消息。异教徒们高兴坏了:终于有祭品自己送上门来了。"

他停顿了一下,依次看着我们每一个人,仿佛是在制造更紧张的气氛。我强忍着,才没笑出来。

"一天晚上,他们用当地产的酒把那个旅客灌醉了。那人很强壮。看到他醉得不省人事,他们就绑住了他的手脚,将他关在了枝条人雕塑里。然后……他们放火烧了枝条人!"

有那么一刻,四周一片沉寂。没有人说话。我们只是等他往下讲。显然达伦并没有讲完。

"故事到这里并没有结束。"他说,"火越烧越旺,四周都是烟雾,旅客醒了过来。他弄清楚了自己在什么地方,还看到异教徒站在大火边上吟唱,他们穿着黑色长袍,帽兜向前拉,遮住了他们的脸。"

"他当时怎么知道那些异教徒是同一群人?"马丁小声道,不过达伦像是没听到似的,继续往下讲。

"一开始,他想从枝条笼中挣脱出去,到处寻找薄弱的地方,只可惜异教徒手艺不错,把枝条人献祭雕塑造得很结实。最后,他只得面对现实：他就要死了。"他顿了顿，如恶魔一般笑了笑，白色的牙齿一闪，"下面这部分最有意思了。你们知道，浸淫在这种黑暗艺术之中的并不只有那些异教徒。那个旅客……是一位伏都教巫师！"达伦说着还做了个夸张的手势，惹得道奇在我身边嘲弄地咳嗽了一声。我知道他是想纠正达伦这种胡编乱造的行为，就连我都知道异教徒要早于伏都教，更不用说他们的发源地分别位于南北半球，不过他没说什么。"他诅咒那些异教徒。他在脖子上戴着一串护身符，就在他的肉体被火焚化之际，他向伏都教的神明祈祷，诅咒若有人还在这里放火，便会以极为残忍的方式死去。大火终于熄灭，灰烬与沙地融为一体，他的诅咒即将应验。一年过去了，异教徒再次献祭，他们从附近的一个镇子偷来了一个少女，而那天晚上，他们无一例外全都死在了沙滩上，尸体被卷进了大海。小伙们，姑娘们，就是这片大海，就是这片沙滩，这里是遭受诅咒的地方。"

达伦向后一靠，显然对他自己的表现很满意。

"当然了，"道奇开口，打破了此刻的沉寂，"后来在续集里，英雄降临，扭转了局面，解除了村民受到的诅咒，还和那个被用来献祭的少女热吻了呢。"

"啊，你看过了！"达伦哈哈笑了起来，又抄起一把海藻，向道奇扔了过来。

"大家都看过了！上四年级的时候，克鲁克斯先生放给大家看的，还记得吗？不过，你的这个版本也太自由发挥了吧！"

"是呀。"达伦看起来有一点讪讪的,这倒是叫大家挺开心。我除外。我没看过那部电影,四年级时我得了腺热,好几个月都没去上学。

"我都不知道还有续集。"马丁把头歪向一边道,"好看吗?"

"不好看!"道奇强调道,又哈哈笑了几声,活像是土狼在吠叫,"千万别看,太可怕了!不过呢——"道奇从我身上抽开手臂,慢慢站起来,"各位只是想听吓人的故事,对吧?我倒是知道一个,保证你们听了之后连觉都睡不着。因为我讲的是一个真实的故事。"

"是吗?"达伦在对面咧开嘴笑了。

"是的。"道奇轻声回答道,"恕我直言,达伦,不会有伏都教的巫师到邓弗里斯盖洛韦的山里来……女巫倒是不少。"

"骑着扫帚到处飞,是吧?"达伦嘲弄地问道,艾玛听了咯咯直笑。

道奇只是微微一笑。接下来又是一阵沉默。

"女巫。"终于,他重复了一遍这两个字,他的声音很轻,我要很认真地听,才能在身后的轻柔浪涛声和篝火那轻微的噼啪声中,听清楚他的声音,"你们知道女巫是从什么地方得到巫术的吗?"

这个问题,我们无人能答。

"她们从祭品中汲取力量。"达伦也说过祭品这两个字,可听道奇说来,我却觉得不寒而栗。仿佛是得到了暗示一样,一阵恶风吹过篝火，火焰被吹得跳动起来。有那么一会儿，火焰几乎就要熄灭了，我们被笼罩在可怕的黑暗之中。我倒抽一口凉气，突然之间，火又燃烧起来，照亮了道奇的脸颊和下巴，他的双眼却陷在黑暗中，如同两个黑洞。这一幕真是太骇人了。

"她们会进行献祭。一个生物会流血，就会感到痛苦，女巫就可以从中得到能力。如果不是重要的咒语，她们有时候也会用动物献祭。如果敌人非常强大，女巫需要进入他们的黑暗灵魂深处，那么祭品就必须是人。"道奇向我们微微一笑，可他的笑容中没有丝毫暖意。尽管如此，我却发现自己向他靠得更近了，他的声音抑扬顿挫，很有吸引力，亮晶晶的眼睛仿佛能给人催眠，"巫术最早源于异教徒。说具体点，是德鲁伊教的成员发明的。他们相信能从祭品中获得力量，通过献祭，他们与神明交流，吸取他们的神力。就在那片海洋的对面——"他伸出一只苍白的手臂，指着大海，"——故事就发生在那里。有一年，军队带着武器从南部打来，发誓要夺走异教徒的土地。就是古罗马人。德鲁伊教的人数不如人家多，惨败之后，他们逃到了他们最重要的圣地延伊沃尔。那里是个岛，岛上怪石嶙峋，荒凉萧瑟。延伊沃尔的意思是'黑暗岛'。他们在那里建造了祭坛，选出了用作祭品的少女。那个祭品名叫伊格赖茵，是领主的女儿。古罗马人围住了小岛，情势可谓危在旦夕，德鲁伊教团便杀死了少女，将她献给神明。

"首先，他们用力勒她，将她推到死亡的边缘。然后召唤神明，请他们杀死那支受到诅咒的军队，因为他们如同瘟疫一般，入侵了他们的土地。他们割开了她的喉咙，看着她的鲜血流到石台上。随着生命从她的身体里一点点消失，头目切开了她的胸膛，喝掉她的心脏流出的血。据说，少女目睹这一切的发生，灵魂一直在尖叫。"

他又停顿下来。这次没有人打断他。道奇让沉默延长了片刻。

"后来呢？"艾玛最后低声问道。

"古罗马人席卷了小岛，把他们都杀死了。无一生还。这可是一次大规模的献祭，血流成河，布满岩石的地面都被染红了。最后，众神终于满足了。德鲁伊教的成员都死了，神明却让他们复活，成为幽灵，去捍卫他们的土地，就这样，他们终日在他们的土地上游荡。"

讲到最后，道奇的语气和开始的时候一模一样：轻声细语，阴森恐怖。过了好一会儿，还是没人说话。

又过了一段时间，道奇讲故事的时候一直弥漫在我们之间的紧张感终于散开了，有人扑哧笑了一声，还有人倒抽气，哈哈大笑。马丁露出一个大大的笑容，达伦一边对着酒瓶大口喝酒，一边遗憾地直晃脑袋。艾玛揉搓着手臂，想要摆脱想象出来的鸡皮疙瘩，却把她的乳沟弄得更深了，而且，她紧紧挨着达伦。

我和他们不一样。我只是看着漆黑的大地，突如其来的恐惧在我心里翻腾着。附近连一栋有灯光的房子都没有，一个人都没有。只有无边的黑暗，这会儿，我觉得有很多邪灵在附近游荡。

突然之间,我们的篝火显得那么微弱,似乎很快就要熄灭。我们距离火焰这么近,火光却连我们的脸都无法照亮。恶灵要距离我们多近,我们才能注意到?

我身边的道奇站起来,掸掉牛仔裤上的沙子,跟着打了个哈欠,伸了个懒腰。

"我太累了。要我说,咱们该去睡觉了。"他的声音恢复了正常,他低头看着我,伸手拉我起来,就这样,他瞬间就变回了我的朋友,嘴角挂着笑容,脸颊上出现了两个酒窝。

大家都低声表示同意。只有达伦有点不高兴,不过我不确定这是因为他的故事不如道奇的那么引人入胜,还是因为今晚的活动就这么突然结束了。他依然紧紧攥着剩下的威士忌。毫无疑问,他要一直喝到天亮。他大概并不希望这么举行派对。然而,道奇的生日要在两天之后。

我拖着疲倦的身体走回帐篷,一从火边走开,就感觉特别冷。我冻得牙齿直打颤,于是赶紧脱掉衣服,穿上最暖和的睡衣,打开手电,我的身影投射到了褪色的红帐篷上。我穿好运动鞋,走到外面,手里拿着牙刷。男孩子们正用铲子把沙子扬到火上,把余烬弄灭。至少道奇和马丁是在灭火。达伦站在一边,搂着艾玛,两个人正在接吻。

等我从灌木丛中方便回来后,他们两个依然粘在一起。有那么一刻,我都忘了恶灵在黑暗中游荡这事儿了。我看着他们两个,既觉得很好笑，也很不安。我早就向艾玛声明了，异性不能进同一顶帐篷。但愿她不会认为我这只是在敷衍我们的父母。要是她想和达伦鬼混，就只能睡在他的车里。

"晚安。"我在进帐篷之前对道奇和马丁喊道。

不出我所料，我的话让艾玛一激灵。她挣脱开达伦紧紧的拥抱，最后亲吻了一下他的脸，缓步向我这边走了过来。她既没换衣服，也没刷牙，直接钻进睡袋，看着我把衣服和洗漱用品塞回背包，把帐篷里整理干净。

"那个故事真挺吓人的。"在我拉开睡袋的拉链，钻进去的时候，她说道，"你好像吓得魂儿都没了。"

"谁叫那个故事那么恐怖。"我老实说，"道奇真的很会讲鬼故事。"

"这倒是。"艾玛也这么认为。"你觉得那个故事是不是真的？"

"大部分是吧。"我答。至少我希望只有大部分是真的。一想到德鲁伊教团的幽魂在这个地方飘荡，我就吓得够呛，连思考都不会了。

"你这么觉得？道奇是怎么知道这个故事的？"

"那家伙就对这类事情感兴趣。"

"你是说献祭仪式？"艾玛望着我，眼睛瞪得大大的，假装被吓傻了。

"才不是。"我沉下脸,"他感兴趣的是历史和考古。他有很多这方面的书。他想到大学里学习这个专业。"

"啊,不错。"艾玛轻声说。听到她的语气变了,我立马立起耳朵,扭头看着她。她露出了一个会意的笑容。"你们都申请了,是吧?"

"没错。"我知道她想说什么,但我不想聊这个话题。我拿起手电,准备关掉。"可以睡觉了吗?"

艾玛点点头,我按动开关,让黑暗降临。

情况立即就变了。我什么都看不到,我的耳朵则自然而然地捕捉到了帐篷内外的每一种声响。我能听到艾玛轻柔的呼吸声,每次她移动身体,要在垫子上找个舒服的姿势,睡袋都会发出沙沙声。我还能听到远处男孩子们混在一起的低声交谈声。这些声响很有抚慰作用,让我知道,我并不孤独。不过,除此之外,还有很多怪声:有节奏的海浪声,如同有人在窃窃私语;风呼啸着吹过沙丘上的野草,如同有人在尖叫。远处有条狗在叫,我一下子紧张起来。

得了吧,我告诉我自己。你周围都是人。

然而,道奇用令人毛骨悚然的语气讲的那个关于德鲁伊教成员和血祭的故事似乎跟着我进了帐篷。我老是感觉有人在盯着我看。黑暗中潜藏着什么东西,不是躺在我身边的艾玛,也不是在另一个帐篷里的道奇、达伦和马丁……

我的头开始隐隐作痛,我喝掉的那些酒搅得我的胃很不舒服。

"马丁在这里真扫兴。"艾玛说,我原以为我们的对话结束了,她却又说了起来,而且声音特别大,足以传到旁边的帐篷里。

"艾玛,"我低声呵斥道,"小点声。"

"事实如此。"她又说了一遍,只是这次声音轻了些。

"什么?为什么?"

我看着她的方向,但此时漆黑一片,根本不可能看到她。

"想想看呀。"她说,仿佛她的理由显而易见,"要是只有我们四个人……"

如果只有我们四个人,艾玛就会和达伦跑得无影无踪,只剩下我和道奇尴尬地四目相对,绞尽脑汁琢磨该说些什么。我才不要这样,我很高兴马丁也来了。

"想不想知道道奇喜欢的人是谁,"艾玛沉思着说,"这家伙真是坏透了,竟然不回答。"

"嗯。"我心不在焉地答道。我也很想知道。可如果答案不是我希望的样子,我觉得还是不知道为好。

"是你也说不定呢。"她说。

"不太可能。"我说,我甚至都不愿意讨论这个可能性。让我抱着希望,根本毫无必要。"也许是你呢。"

我尽量用淡淡的语气,显得我满不在乎,但每说出一个字,我都觉得嘴里十分苦涩。

"也许吧。"艾玛沉思着说,对于这样的说法,她没有一点点不安或难为情。"不过我不这么认为。我从没见他那样看过我。"

"他一整晚都在看你。"我点明,一想到那时的情形,我就很不爽。

艾玛笑得花枝乱颤。

"这是当然,我一直在半裸!要是他不看我,你会更担心。"

"嘘!"我低吼道。如果我们听得到男孩子们的声音,那他们也能听见我们说话。

"别再瞎操心了。"艾玛答,就是不肯压低声音,"再说了,你不希望他知道吗?"

"不希望。"

"要是他知道了,会怎么样?"

"不会有那么一天的。"我厉声道,"他喜欢的是别人,记得吗?"

"也许是你,希瑟。"艾玛提醒我。

有这个可能。但我对此表示怀疑。

"我累了。"我说,希望赶快结束这次对话,"快睡觉吧。"

她转过身,任由她无奈地直叹气。我闭上眼睛,盼着赶快睡着。我希望只想一件事:艾玛也许说得对,或许我就是道奇的心上人,只是我的梦中充斥着无形的黑影,瞪着发光的眼睛,张着血盆大口,向我猛扑过来。

# 7

第二天，我一大早就醒了过来，原本我还打算睡个懒觉呢。太阳挂在空中，预示着今天又是个阳光灿烂的日子，阳光照射到帐篷里，很快，狭小的空间就会变成桑拿浴室。这一刻，我还舒舒服服地待在我的睡袋里，用睡袋盖住脸，好使鼻子暖和暖和，下一刻，我就觉得热得难受，挣扎着从厚茧一样的睡袋里出来，睡衣贴在身体上。我毫不犹豫地走到门边，使劲儿拉开拉链。

立即就有一阵冷风吹了进来。我心怀感激地吸了口气，不去理会艾玛表示抗议的呜咽声。

"几点了？"她摇摇晃晃地嘟囔道。

我伸手拿过之前被我丢在一角的手表，看了一眼。老天。

"还不到六点。"我坦白道。

"希瑟！你的脑袋是不是秀逗了？"艾玛一脸厌恶地说，把枕头拍打成更舒服的形状，躺了回去。"关上门，要不就出去。"她发起了牢骚，隔着厚厚的睡袋，她的声音听上去有些模糊不清。

时间太早了，不过我知道自己是睡不着了。于是我一把拿起针织套衫和鞋子，轻轻走到外面。我伸了个懒腰，睡垫的气已经漏掉了一半，我一离开，里面的气体分布就变了样，艾玛等于直接躺在了地上，想到这个，我就想笑，不过想想还是忍住了。四下看了看，这才发现我并不是唯一一个早起的人。马丁正坐在一把折叠椅上，喝着一瓶水，看着渐渐变亮的天空。

"睡不着？"我走过去的时候他问道。

我摇摇头。

"我也是，太热了。再说了，达伦的鼾声比我爸的还要响。"他笑笑，"你的头疼不疼？"

"很——"我决定还是不要说"我很好"，"有点头重脚轻。"我实话实说。

"给你。"他把那瓶水递给我，"你喝了酒，现在有点脱水。你这是第一次宿醉吧？"

"是。"我喝了一口，坐在另一把椅子上，"不过没我想象中那么严重。"

"我想严重与否取决于你喝了多少酒。"马丁一本正经地说。

"我知道。"我笑到喘不过气来。真是一个马丁式的回答。

我又喝了一大口水，向后靠在椅子上，叹了口气。我穿好针织衫，向马丁看的方向看去。我们坐在一起，没有说话。若是换成道奇，我一定会觉得尴尬。要是和达伦在一起，我一准儿会不自在。至于艾玛，我根本就不可能和她在一起！此时此刻，我觉得很放松，聆听着海浪有节奏的声音，这声响听来悦耳动人，在日光下，大海看起来不再险恶，只有海水轻柔地拍打着沙滩。我闭上眼，向后仰着头。如果不是椅子布绷得太紧了，勒进了我的脖子，我都要睡着了。

快到八点的时候，其他人才陆续走出帐篷。那时，我和马丁的肚子都快饿扁了，于是我们把小煤气炉找了出来。他负责在面包片上涂厚厚的黄油和番茄酱，我则用小铲子，把培根半成品在煎锅里煎熟。

"真香呀。"达伦一边挠着头，一边说，"我要双份。"

他冲我眨眨眼，确定他的订单，然后消失在帐篷后面长长的草丛里，方便去了。

"要是我在他的三明治里吐口水，不太好吧？"马丁小声问我。

我被他逗笑了。"前提是被他抓到。"

"需要帮忙吗？"道奇穿着整洁，从男生帐篷里出来，打着赤脚，嘴里塞着一把牙刷。

"就快好了。"我对他灿烂一笑，"你去把橙汁拿来吧。"

"还得留着橙汁和伏特加混在一起喝呢。"达伦从沙丘后面大声喊道，距离这么远，他竟然听得到我说话。

道奇翻了翻白眼。

"我看达伦就是个醉鬼。"他开玩笑道，"我去车里拿橙汁。"

就在我们把培根三明治装上纸盘的时候，艾玛轻快地走出帐篷，露出一脸期待的表情。她是穿着昨晚的衣服睡觉的，这会儿却穿着睡衣，不难想到其中的缘由。这套短短的背心和短裤紧贴在身上，十分暴露，展示出了她那修长的美腿和小蛮腰。就在她溜达着走过来的时候，每双眼睛都盯着她，只有我的目光中充满了鄙夷。

"啊，真不好意思。我起晚了，没帮上忙。"她说道，眼睛睁得大大的，满脸无辜的样子。

我强忍着没有唉声叹气。我最好的朋友从什么时候开始，变成了一个彻头彻尾的草包美人？

"别担心，我们给你做了一个。"道奇笑着把纸盘递给她，我再次怀疑她就是他喜欢的那个神秘女孩。他并没有展开追求行动，起码在她和别人约会期间没有，想到这里，我倒也感觉到一丝欣慰。

大家忙着吃早餐，喝橙汁，所以有一会儿，谁都没出声，只有达伦一直在抱怨不该这么浪费掉橙汁。

"那我们今天做什么？"马丁问，舔掉手指上的油脂和番茄酱。

"做什么？"达伦问道，他看着马丁，假装听不懂他的话。

"是呀，做什么。"马丁重复了一遍他的话，"你不是打算在这里坐上一整天吧？"

"晒日光浴多好呀。"艾玛肯定地说,还抬起一条腿,用手指滑过光洁丝滑的小腿。"我现在就在晒日光浴。我太白了。"

马丁扮了个鬼脸,一看就知道,晒日光浴就跟自挖双眼一样没有吸引力。

"我要去探险。"道奇提出,"我父亲说翻过这座小山,能看到一座古老城堡的废墟。"

"探险是个好主意。"马丁笑道。

道奇转身看着我。"希瑟呢?"

"希瑟要和我一起晒日光浴。"艾玛宣布。

我冲她扬起一边眉毛,跟着扭头看着道奇。

"我要去探险。"我小声说。

达伦选择留下来,"看艾玛晒日光浴",他如是说,眼睛一直瞟向穿着挑逗的艾玛。

就这样,我们三个人缓缓地向停车场走去。我们从沃尔沃汽车边走过,找到了一条小路,这条路从海滩开始,呈之字形向公路反方向延伸出去。坡很陡,我很快就发现自己远远地落在了两个男孩后面,还直喘粗气。幸好太阳并没有升得很高,天气还算凉爽。纵使如此,我还是脱掉针织衫,把它系在腰上。

"来欣赏一下风景吧。"道奇在我爬上山顶时说。

他指着我们来时的路,我原地转了个圈,借此掩饰我通红的脸和急促的呼吸。不过他说得对。真是太美了。大海宛若一张起伏的蓝色毯子,周围环绕着一圈很窄的奶油色沙滩。沙滩旁边是一片翠绿,在阳光下犹如一块绿宝石。这景色美得令人屏息凝神,徒步走上来真是不虚此行。

"我想我看到你父亲说的城堡废墟了。"马丁在我身后喊道。我转过身,就见他指着另一座小山的山峰。从我们脚下开始,地势向下倾斜,所以,尽管那片乱石堆看起来并不比我们高,却要攀上另一道陡峭的斜坡才能到。我不由得在心里哀叹一声。

山顶上没有小路,于是我们三个并肩穿过欧石南丛生的崎岖荒野。艳阳高照,草地里却都是露水,很潮湿,不出一会儿工夫,我的牛仔裤腿就湿透了,鞋子里也湿了。

"你觉得考试怎么样?"我们向前走的时候道奇问我。

我耸耸肩,皱眉道:"不知道。我想英文还可以。至于数学……谁知道呢。我的物理可能考得不好。"

"我觉得你肯定能考上大学。"

我又耸耸肩。"借你吉言吧。你呢?"

"我觉得还好。"道奇说着露出顽皮的笑容。

我大笑起来。道奇一直都是学校里的尖子生,拿到5个A级成绩对他来说就是小菜一碟。

"马丁,"我扭头看向另一侧,"你呢?"

他用鼻子吸了口气,把眼镜向上推了推。

"科学课还不错。英文大概会扯后腿。"

"我还以为你一定会提前毕业的。"我问道。

我知道他还没有申请任何专业,但好在有补录程序。只要是没有满员的专业,就算是在最后一刻去申报,大学也会接受。不过马丁摇摇头。

"我爸妈不允许,他们说我太小了。再说我还想参加几门高级高等教育考试呢。就是数学和化学。要是我的成绩不错,我还会考生物。"

"你会想我们吗?"我开玩笑道。

他用奇怪的眼神看了我一眼,不过他的语气很认真。

"会。"他严肃地说。

我笑不出来了。

"嗯,不要紧,"我说,"我也许八月回来,参加补考。"

他还是没有一点笑容。

"不会的。"他轻声说。

我别开脸,感觉有点局促不安,不过我也说不清这是为了什么。

山坡很陡,我们也就顾不上说话了,也没什么可说的。有那么几分钟,四周只有我们不均匀的呼吸声。太阳渐渐升高,温度上升,我能感觉到阳光开始炙烤我裸露的肩膀。我压根就没想到在这里还需要涂防晒霜。

我们终于爬上山顶,顶峰的中心位置矗立着道奇说过的废墟。他说这里曾经可能是一座城堡,但从废墟看,很难分辨出是什么建筑。没有围墙遗迹，只有一大堆石头散落在边缘，有的石头还滚到了草地里。

"我看这根本不是城堡。"道奇双手叉腰，一副若有所思的样子。"我父亲可能只是从沙滩上看了一眼；他不喜欢徒步旅行。而且依我看，这甚至不是个建筑物。"

他走到近处去查探。

"快来看这个。"他喊道，挥手示意叫我和马丁过去，"这里像是个入口。"

我看向他指的地方，努力分辨他看到的东西。这就是我要在大学里学习的专业，我不得不承认，我只看到了一堆石头。我蹲下，试图寻找任何可以分辨得出的形状。我想起从前我表姐给我看胎儿的B超图像，她指着那些斑点和圆形，告诉我哪里是四肢，哪里是头。当时，我什么都没看出来，现在，我也没看出个所以然来。

"看到了吗？"道奇问，"就是那儿。"

马丁绕废墟走了一圈，非常认真地看着。

"好啦，印第安纳。"他开玩笑道，表情充满了怀疑。

起码不是只有我一个人看不出来。

不过道奇没有放弃。他在那里站了十分钟，挥动手臂打手势，指着石块说这里是入口，这里是屋顶，那里是防护墙。一开始，我还是看得稀里糊涂，不过随着道奇的介绍，这个模模糊糊的结构便开始渐渐显露出来。我一点点地看到了他所说的结构。

"你觉得这里是什么?"我问道,这个结构的大致轮廓已经出现在我的脑海里,"房子?"

道奇摇摇头。

"一座坟墓。"他说,"石冢。"看到我迷惑的表情后,他又解释道,"这片区域可能就是以这里命名的。大人物死了,人们就会把他埋在山顶,在上面堆放很多石头。要是能进到里面去,就能看到墓室。要是那里没塌陷的话。"

他侃侃而谈,我一边听一边点头,尽量表现得我不是头一遭遇到这种情况。马丁原本就心存疑窦,这会儿,他蹙着眉头,显然是不相信道奇的话。

"他们把石头搬到这里来?堆在山脚下更简单。我看这里以前一定很气派。"

道奇点点头。

"你们知道,"他扭头看着我说,眼睛里闪烁着顽皮的光芒,"德鲁伊教团的鬼魂必定就潜藏在这种地方,伺机复仇。"

我看着石冢,突然心中一凛,肾上腺素飙升,感觉像是有好几百只蜘蛛在我身上爬,刹那间,恐惧将我包围了,我好像中邪了一样,不由自主地哆嗦了一下。

"闭嘴,道奇。"我说,"你说得太吓人了!"

"是吗?"他咧开嘴一笑,接着背对我,俯下身,扒开几块挡在他认为是入口处的大石头。

"你干什么？"我问。

"或许我们可以进去看看。"他说。

进去？进墓穴里去？

"你该不会觉得里面有死尸吧？"我说，虽然我很反感，却还是深受吸引，向前走去。不过我可不想看到带着裂缝的发黄头盖骨滚出来，落在我的脚边。

"不可能。"道奇气喘吁吁地说，仍旧在费力地搬开一块超大的石头，"这座石冢有几千年历史了，不会有任何东西留下。不过人们会把这种地方看作圣地。他们根本不知道这些地方原本是干什么用的。所以，你永远也不会知道，把这些障碍弄开后，会在里面有什么发现。"

"我打赌，里面只有一个空苹果酒瓶和一个薯片袋。"马丁嘲讽道。

"错！"道奇说，这会儿，他终于搬开了那块石头，用双手向深处挖去。"是一个果汁罐才对！"

他得意扬扬地把果汁罐举起来，我和马丁不约而同地爆笑起来。显然那罐果汁已经在里面放了很久。金属瓶身已经褪色，压根儿看不出是什么牌子。瓶罐边缘都是锈迹，中央有一道裂缝。

"还是给国家博物馆打个电话吧。"马丁咯咯地笑。

道奇没理他。他跪在地上，把脑袋伸进他挖出来的洞里。

"有人带手电了吗？"他的声音模糊不清，有些扭曲。

"啊,是呀,我向来是随身携带手电筒。手电筒、电击器,外加威尔士袖珍地图和一对骑自行车用的裤腿夹。"

"哈哈。"道奇向后斜身,用犀利的眼神瞪了马丁一眼,"那带手机了吗?"

"我在我的手机里装了个手电应用程序。"我说着掏出手机。

"谢谢。"他又把脑袋探进石冢里面,只是伸过手来笨拙地摸索我的手机。结果他抓到的不是手机,而是我的手,我立马感觉手上火烧火燎的。"这里还有别的东西,"他喊道,"我也许能够到。"

"这次是什么,杜蕾斯包装纸?"马丁哼着鼻子说。

道奇冲他做了个鬼脸,他侧着身,这样就能把肩膀伸进缝隙,把手臂又往前伸出一点点。

"只差一点了。"他说,竭尽全力去够那东西,"啊哈!"

这一次当他把手举起来的时候,我们都说不出话来了。我和马丁一声不吭地走到近处,好瞧得清楚些。

"是什么呀?"我问。

这个东西小小的,很扁,呈圆形。中心是空的,一条细线横贯那个空洞。那东西表面有很多纹理,疙疙瘩瘩,布满凹痕,很像一块生锈的铁,而且上面沾满了泥土。不过在锈和土下面,我能看出那东西表面有褪色的蚀刻曲线和形状。

"不知道。"道奇在手指上吐了口唾沫,揉搓那个东西的表面,抹掉了最上面的泥土。"反正是金属的,有年头了。太酷了。

给你。"他把那东西抛给我,"你看看。"

我用指尖擦去上面的脏东西,差一点就把这个脆弱且已被腐蚀的圆环弄断。我把它翻转过来,看着上面暗示性的蚀刻图案。

"需要清理一下。"我喃喃地说,"不然看不清楚。"

"去海里泡泡吧。"道奇表示同意。

我抬头看着他,有点惊讶。

"你要带它去海边?"

"当然了,为什么不呢?"他对我笑笑,被我的语气搞糊涂了。

"可这是……"我本想说这是偷,但我不确定到底算不算,"可这是别人的坟墓。"

盗墓当然是非法行为,这一点我很肯定。

"这不是墓里的东西。"道奇不同意,"或许是有人放在这里的,是祭品。石冢有点像是石头围城的圈圈;人们早就忘了它们原本的用途,只记得它们很重要。"

我噘起嘴。这样解释并没有让我感觉好一点。可我没有阻止道奇伸出手,从我手中把圆环拿走。我看着他最后一次抚摸它,然后揣进衣兜。

"想不想回去?"他提议道,"现在肯定到午饭时间了。我饿了。"

在马丁的帮助下,他把移开的石头搬了回去,然后带头向沙滩走去,一路上还指出了更多山腹上具有考古价值的地方。我试着去注意他说的话，希望能学到点知识，留待考上之后用，可我就是集中不了精神。我满脑子想的都是那座石冢和古老石块环绕的漆黑深洞。还有道奇的那句玩笑话：德鲁伊教成员的鬼魂在那里游荡。

我隐隐觉得我们做错了。我的目光一次又一次地落在道奇的衣兜上，此时此刻，那东西就安然放在那儿。

我感觉自己像个贼。

## 8

## 现在

电话响了。尖锐刺耳、躁动不安的铃声打破了办公室里紧张的气氛，活像是电锯在割黄油。彼得森医生瞪着电话。这部吵吵闹闹的机器呈流线型，黑色，式样很老。不过不是古董，只是做旧而已。

我扬起一边眉毛看着他。他不接电话吗？

他叹口气，恼火地看了门一眼。或者说，其实是透过门，瞪了一眼秘书，谁叫她竟然有胆子敢打断我们的会面。

我倒是不生气，反而心存感激。我暂时得救了，这是一个机会，可以让我喘息一下，并且重新集中精神。

彼得森夸张地喷喷两声,拿起时髦的电话,将镶着铜边的话筒举到嘴边。

"什么事?"

我听不到对方的回答,彼得森先是睁大眼,跟着又眯起眼。

"我正在见病人,海伦。"

海伦当然知道,就是她让我进来的。我估摸她的事一定很重要,也许重要到足以取消余下的"治疗"。我这么盼望着,用我那只好手画了个十字。

就算不取消,这个电话也来得正是时候。它消耗掉了在我离开之前的几分钟时间。因为不管我们被打断了多久,彼得森都会准时把我打发走。没什么能破坏他那严谨的时间表。

他又叹了一口气。我不再看书架,书架上的书的书脊都是完好的,反而继续盯着彼得森。他这会儿正蹙着眉头瞧着我。

"我现在不方便说话。我会给他回电话的。"他停顿了一下。我想象得出海伦在电话线那端没完没了地唠叨着,"我知道。"

哇塞,他说起话来恶声恶气。彼得森接着深吸一口气,控制住他的怒火。我对他笑笑。

那只是个假笑。我其实心里很不爽。我做了那么多事,而那个毫无趣味的海伦怎么能一下子激怒他。我做过很多事,就是为了让他与我为敌,可他老用一副冷静的面孔对着我。老天,我甚至打算刺死他呢!

"告诉他……告诉他,等我接待完下一位病人,就打电话给他……对,一点。"他挂了电话,冲我一蹙眉,"对不起,希瑟。"

不不。我不觉得这有什么好对不起。我又拿出了防卫的姿态。立起高墙,提高戒心,竖起耳朵。但我只是在心里这么做。从外表看来,我依然蜷坐在椅子上,耷拉着眼皮,像是无聊到快睡着了,双脚蹭着地毯。我吁出一口气,确保他知道我觉得坐在这里很无聊,而且有失身份。

"给我讲讲石冢的事吧。"在发现我显然不会接受他的道歉的时候,他问道。

我才不要。

我紧紧抿着嘴,盯着他,眼睛连一下都没眨。沉默以对可是我最擅长的事儿;自打我六岁以来,我就这样对我的母亲。我可以坚持很长时间,轻轻松松就能超过这次治疗时间。

"你今天愿意谈谈吗?"

我听得出来,他微微地强调了"今天"这两个字,我知道我们要重温我以前说过的话了。那个时候,我还尝试和他谈,和他解释。那个时候,我觉得他是来帮助我的,我还相信他这个混蛋。

"你还记得告诉过我那个墓地的事吗,希瑟?你还记不记得你说过,你们从石冢里带走了一个东西,就是那个人工制品?"

这不是我的原话,不是,不过我肯定他会原原本本地说出来。

他在办公桌抽屉里翻了翻,找出一个大夹子,里面的纸都快冒出来了。是我的旧档案。疯子希瑟的备份材料。他把文件夹摊在桌上，开始逐页翻看起来。我看不到上面写着什么。不过我能看到一行行尖细的字迹。是彼得森医生的字。都是有关我的。我不想看，倒是很想知道，对于我那"出现妄想"的精神状态，这个人得出了什么样的荒唐结论。

"啊，找到了。你说过，那里面住着一个古代德鲁伊教成员的鬼魂。它被派回来复仇，制造浩劫。你还记得你说过这些吗？"

我目不转睛地注视着他。这只是一个微妙且最细小的暗示，我知道他是在嘲笑我。他的潜台词是在说，"你还记得你什么时候神志不清吗，希瑟？是不是铃声一响，你就那样了？"

没有，彼得森医生，我不能说我记得对你说过那件事。但我记得我的手臂被人用力向后扯，我还以为我的肩膀会脱臼。我还记得有人把针扎进我的手臂。我记得醒来时头疼欲裂，被恐怖的无助感包围。我被束缚了，遭到了钳制，心中充满恐惧。我怕的不是这个房间，而是一个我永远都无法摆脱的东西。

他等待着，盼着我会突然奇迹般地向他坦白心声。对不起，彼得森医生。今天没有奇迹。他从我的眼睛里看到了这一点。

他开始另辟蹊径。

"古代德鲁伊教成员，希瑟。"说到这里，他顿了顿，"超自然。你对这个很感兴趣，对吗？你甚至着迷了？"

我轻蔑地摇摇头，彼得森误以为我这是在否认。

"不是吗？"他扬起眉毛，显然很是惊讶，"不是吗？我去过你家，希瑟。你的一些藏书都很……对于你这个年纪的女孩子来说，很不同寻常。"他又开始翻看记录。"啊，在这里，《镰刀和槲寄生：德鲁伊教解密》。这可不是什么休闲读物。还有《血色尘埃：黑暗的人祭仪式》。你为什么会看这些书，希瑟？如果不是喜欢这些神秘的黑魔法，你怎么会对那些东西感兴趣？"

我咬紧牙关，面无表情地看着他。我不喜欢他去我家，进我的房间。他兴许还和我母亲一块喝了茶，吃了蛋糕，充满同情地握着她的手，向她保证我真的疯了。

那些书没什么可叫我担心的。它们是道奇的，不是我的。那时候我申请了大学考古专业，他就把书借给我，除了这两本外还有很多。都是些初级读物，好让我有个大致了解。但是，我从未听到彼得森提到我的书架上还有《考古学简介》和《不列颠群岛历史》这些书。因为它们不符合他的既定设想。

而他的既定设想就是我发疯了。

"好吧。"又过了一会儿，他终于放弃了，把文件夹塞回办公桌。"好吧，还是来试试别的。"

聊什么？电休克治疗？

不，比这更糟。

"来说说你的朋友们吧。就说说马丁。在你一开始给法官的陈述中，你说他消失了——"

"他的确消失了。"我从牙缝中挤出这几个字。

对于这个话题,我绝不会沉默以对。我甚至都不在乎彼得森在那儿暗爽,庆祝他终于撬开了我的嘴。我绝不允许他们指责我干了那件事,我甚至想都不愿意那么想。

　　因为我没做过。

　　我——没——有。

# 9

## 曾 经

我们返回时见到海滩上空空如也。艾玛和达伦不在,我们的东西就丢在那里,他们也不看着点。我们加快速度,可以说是沿那条狭窄的土路,一路小跑到了沙滩上。我倒是很乐意这么做,因为那条烂鱼还在那儿,散发着臭气。我们快速检查了一遍,发现不缺什么。

"你觉得他们到什么地方去了?"马丁扫了一眼空荡荡的海滩问,"我觉得他们也远足去了。"

"不是。"我摇摇头,一想到把艾玛和锻炼扯上关系,我就觉得好笑。现在我能正常思考了,所以一想就知道他们在什么地方。

"我想他们是睡觉去了。"

我打手势强调"睡觉"二字。

"啊!"道奇发出一声很不自在的笑声,接着,他大声喊道,"达伦?"

"怎么了?"达伦的回复有些模糊不清,同时响起的还有一声尖尖的笑声。

"没什么。就是确认一下你死了没有。"

"离死还远着呢。"又是一阵笑声,这次笑声突然断了。

我扮了个鬼脸,道奇则宽容地摇了摇头,"吃午饭吗?"他问我和马丁。

"午饭?"看来达伦那超级灵敏的听力并不仅限于与酒有关的话题。他走出帐篷。这会儿,他穿戴整齐,见状我真是松了口气。艾玛跟在他后面,有点羞怯,又有些自鸣得意。"我好像听到有人说午饭了?"

我们吃了奶酪、冷熟肉和饼干,带过来的冰块和冰袋化得很快,要是存放在这么热的天气里,至少奶酪会变质。我们步行了这么远,所以胃口很好,我大口大口地把食物塞进嘴里,活像是好几天都没吃过饱饭。

"你们的徒步旅行怎么样?"达伦问,他的嘴里都是吃的,"刺激不?"

艾玛哼笑着喝了一口果汁,我知道,他们之前肯定嘲笑我们来着。不过我才不在乎。事实上,我在心里还偷笑艾玛的膝盖、手臂和鼻子上的红斑呢,她这么躺在外面,已经晒伤,就算她还没觉得奇痒,也快了。

"这一趟真的很酷。"道奇答,没有因为达伦的挖苦而生气,"我们去了我老爸说过的废墟,那里其实是一个石冢。而且,我们找到了一个很有意思的东西。"

他从衣兜里拿出圆盘,抚摸起来。达伦敏捷地把它夺了过去,在手里转动着。

"这东西有什么稀奇,我看的《考古小队》可不如你多。"
道奇耸了耸肩。

"不知道。大概是个祭品吧。我要把它拿到海里洗洗。"

"那就去吧。"达伦把圆盘扔给道奇,"我挺好奇的。"

道奇伸手去接圆盘,不过他的手指却从圆盘的边缘擦了过去,结果,圆盘就这么从他身边飞开,正好落在我的腿上。我低头看着它,手指自行抚摸着表面那些诡异的蚀刻图案,在泥土和锈迹的覆盖下,依然很难看得清楚。而且,尽管它一直放在道奇的衣兜里,中午的太阳炙烤着我们,金属圆盘却依然触手冰凉。我感觉指尖微微有些刺痛,连忙把手拿开。是不是有些金属在腐蚀后会释放出有毒的化学物质?这我可说不准。

"给我吧。"道奇伸出手说。

然而,出于某些奇怪的原因,我不愿意把它交出去。和达伦一样,我很好奇,想看看脏东西下面隐藏着什么。

"不要紧。"我笑着对他说,"我去清洗吧。"

我向海边走去,除了我的脚步声之外,还有轻轻的脚步声从我后面传来。我转过身,就见艾玛在我后面。我还在气她和达伦之前那样嘲笑我们,我没说话,只是转过身,继续向海边走。几英尺开外的沙滩都已被压实,也很湿,我脱掉运动鞋和袜子,赤脚走完最后一段路,进入海水中。

"好冷呀!"我情不自禁地大声喊道。

冷这个字还不足以说明。寒意立即穿透我的全身,冻得我的双脚直跳隐隐作痛,鸡皮疙瘩起了一身,浑身都在颤抖。

"冻死人了。"艾玛突然来到我身边,对我的话深表同意,"真不敢相信达伦昨天晚上竟然走到那么深的海里。"

她边说边叹息,仰慕之情溢于言表。我翻了个白眼,俯下身,要将圆盘放进水里。

艾玛淌着水,走到更深的地方,看来像是要模仿达伦,也来个勇敢者探险。

"我要是你就不会下水。"我提醒她。

"为什么?"她问,不过在海水没过她一半小腿的地方,她就停下了。

"海水是咸的,冲到你身上的晒伤,就会特别疼。"我答,指着她那晒得通红的膝盖。

"啊,哦。"艾玛低头看看晒伤的皮肤,有点惊讶,"老天!谁能想到在苏格兰也需要防晒霜!"

"是呀。"我心不在焉地附和着。此刻我的注意力都在我手中的那个东西上,还有点担心会把它遗失在周围翻涌着的小小浪头中。泥土一下子就洗掉了,不过在我揉搓它的时候,也搓掉了一层层泡状的锈铁,见状我还以为它会在我手里碎成一片片。

"到底是什么呀?"艾玛问道,她站在那边看着我。看到我没回答,她便低头一看。"嘿,它在发光呢!"

的确如此。没有了外面包裹的好几层物质,此时,那块金属闪烁着光华。随着锈迹掉落得越来越多,它的形状渐渐显露出来。它的边缘十分圆滑,表面光滑得如同缎子一般。几乎就跟新的一样。我皱着眉,低头看着它,感觉一头雾水。我不是什么炼金术士,不过我很肯定按常理来说,不该如此。

"这肯定是现代的玩意儿。"我站起来告诉艾玛。那个物体在我手里闪闪发光,看起来非常完美,像是刚从商店里买来的一样。清理干净后,我能看出它到底是什么了——一枚胸针。中央位置的那根线就是别针,用来将它别在织物上。

我以前从没见过这样的东西。它不是金的,却非常精致。可能是铜的,也不是正圆,更像是马蹄铁形,只是末端连接在一起,形成了圆形。此时蚀刻图案一目了然,我却看不出个所以然来。似乎既有符号也有生物,但都很夸张。很有艺术感。我什么都看不出来。或许道奇能看得出,他学过美术。

"去给男生们看看吧。"我建议道。

只可惜一回到海滩,我就顾不上胸针之谜了。显而易见,在我们走近能听清楚他们说话之前,肯定发生了不愉快的事。达伦和马丁相隔几米面对面站着,道奇站在他们中间,又在充当和事佬。那两个男生并不是在传球,而是在互相责骂。我们先听到的是达伦的声音。

"……自命清高先生。除非爸爸妈妈说好,否则你连一件事都干不成。你为什么长不大呢?你现在可是个大孩子了。"

"长大?你是说和你一样?长成一个大块头,拳头很硬,脑筋却不灵光?类固醇把你仅有的一点理智都融化了吗?"马丁的反击很有力。他站立的姿势不像达伦那样一副要打架的姿态,伸着胳膊,握紧拳头,可他抿着嘴,眼睛闪烁着怒火。

"伙计们——"道奇尝试从中调解,只不过达伦和马丁甚至连看都不看他。

"你不知道怎么才能玩得高兴,这就是你的问题!"达伦愤愤地说。

"玩得高兴?"马丁干笑两声,非常不友善,"弄得满身大汗,把自己变成大傻瓜?我可不认为这有什么好玩的。"

我们在一段距离外停下,来回踱步,他们说的话清晰可闻。我其实不愿意再往前走,不幸的是道奇这时候转过身,用眼角余光看到了我们两个。他明显松了口气。我立即就感觉自己义不容辞,该去帮他解围,只是我心不甘情不愿,下意识舔了舔突然感觉很干的嘴唇。

"出什么事了?"我一边向前走,一边问。

"没什么,挺好的。"道奇说。

"是呀,好得很。"达伦尖锐地说,"只不过有个扫兴鬼想要毁掉这次的派对。"

"达伦——"道奇瞪了他一眼,以示警告。

"什么?他来这里,只是因为他希望——"

"闭嘴!"马丁怒道,把我吓了一大跳。

达伦奸诈地笑了,很满意他把他惹火了。

"怎么了,不敢说了?"

"达伦,算了。"道奇现在也生气了,这会儿,他背对着我们,对他怒目而视。

"你也好不到哪里去,老兄。你们两个真是太可怜了。"达伦不再理会他们两个,在从道奇身边走过时用肩膀撞了他一下,还恶狠狠地瞪了马丁一眼。快走到男生帐篷的时候,他回过头。"艾玛,你来吗?"

一阵尴尬的静默之后,艾玛忸怩地一路小跑去追达伦。她跑到他身边,愧疚地回头看了我们一眼,可这会儿达伦向啤酒冷藏箱走去,她也跟了过去,如同金属受到了磁铁的吸引。

他们一走远,听不到我们说话了,道奇就长出了一口气。他的肩膀垮了下来，还做了个鬼脸。

"对不起。"他喃喃地说。

"又不是你的错。"马丁承认，不过他看起来依旧很生气。

"这到底是为了什么呀？"我有些犹豫地问。

"你觉得呢？"

马丁怒视着达伦拉开啤酒罐上的拉环，我得到了我要的答案。

道奇来回摆着手，很不自在地看着四周。我咬着嘴唇，盯着他看。马丁和达伦之间老是这么剑拔弩张，真是太扫兴了。要是照这样下去，那道奇以后肯定不愿意回想起这样一个生日。"去游泳怎么样？"他建议，目光落在大海上，"海水有助于我们冷静下来。"

我紧张地哈哈笑了两声，他也紧张地笑了笑。

马丁琢磨了一会儿，然后摇了摇头。

"我看我还是再去走走好了，离开这里一会儿。希瑟，你有什么事情要做吗？"

两个男孩子都看着我。马丁露出盼望的表情，我意识到他希望我和他一起去，八成是要向我抱怨达伦几句。我或许可以令他冷静下来，我心想。说服他不去理会达伦的冷嘲热讽和高人一等的态度，以及他无时无刻不在喝酒这个毛病。

另一方面，这次出来可是给道奇过生日的。撇下他一个人似乎不太好。况且，要是我必须做选择的话，我宁愿和他待在一起。

"我想去和道奇游泳。"我嘟囔着说，内疚感让我没法大声说出这句话。

"那好吧。"马丁的表情没什么变化,我却能感觉到他的失望。我几乎就要改变主意了,可道奇感激地冲我笑笑,于是我决定闭紧嘴巴。

马丁朝那天早晨我们走的小路的反方向走去,而且是从沙滩上绕过去,以免从这会儿正坐在折叠椅上的达伦和艾玛身边走过。我和道奇看着他越走越远,最后翻过岩石,消失在我们的视线中。看着突然变得空荡的沙滩,一股内疚感油然而生,可惜现在改主意已经太晚了。

"你真想去游泳?"我们一前一后走回帐篷的时候,我问道奇,"海里特别冷。"

"你怕了?"他问道。

"是的。"

他哈哈笑了起来,就好像我盼着他笑来着。

"得了吧,你带了泳衣来,总不能不用吧。那样很不吉利!"

泳衣。我的脸发烫,身体却冷得要命。这个周末,我可没打算暴露,而且我这辈子都不愿意在道奇面前暴露。可以说是不愿意在公开的地方暴露。私下里,我倒是有很多不切实际的幻想,不过我一直都控制自己不要乱想,毕竟那是永远都不会发生的事儿。

"不吉利——这话是你瞎编的吧。"我指责他,一面拖延时间,一面想办法不要脱衣服。昨天晚上艾玛穿得那么少,他目光灼灼地看着她，所以，要是我穿泳衣，结果肯定更糟糕。我很有自知之明：我可没有那么傲人的身材。

道奇冲我挑眉。

"你要试试看吗？"他问，"后半辈子被速比涛（世界著名的泳衣制造商。——译者注）幽灵折磨得痛不欲生？"

我一个没忍住，被他逗笑了，不过我的牙齿一直在打颤。"才不要。"

我走进帐篷换泳衣。至少有一点让我很欣慰，那就是我的泳衣遮住的地方要比艾玛的系带比基尼多。我的泳衣是实用型的，短裤包住大腿，还带有领口，只开到我的喉咙下方两英寸的地方，而且只有两侧的带子是蓝色，其余地方都是黑色的。我参加了当地的游泳俱乐部，教练提醒过我们，选泳衣要选那种可以让我们游起来速度更快的，毕竟我们又不是要靠泳衣去赢时尚大奖。

至少我知道，到了水里，我不会让自己变成傻瓜。

"准备好了吗？"道奇的声音在帐篷外面响起，我吓了一大跳。

"马上。"我喊道。

我哆嗦了一下，跟着抄起一个橡皮筋，把头发绑成马尾。我没戴护目镜和泳帽，因为我肯定我们只是去玩水，而不是真的游泳。然后，我稳稳地深吸一口气，走到炽热的阳光下。

我走出去，阳光明晃晃的，我眨了眨眼睛，只见道奇正背对我。我很高兴我没有用我带来的大沙滩巾裹住身体，因为他只穿了一条短裤式的游泳裤。我望了三秒钟他宽宽的肩膀,他便转过身来,我只好把目光转移到他的脸上。

"我刚才让达伦和艾玛跟我们一块去,"他说,"可惜达伦说,就算是被枪打死,被刀刺死,被车压死,他也不愿意再回到海里去了。"

"可你还是想下水,因为?"我扬起一边眉毛,充满怀疑且饶有兴味地看着他。

"因为我疯了?"说到最后,他的音调上扬,把这几个字变成了一个问题。

"我才不要和你争论这个。"我说,不过我发现自己竟然跟着他往前走去。

我的脚趾刚一触碰到冰冷潮湿的沙滩,我便停下了,我知道,更加冰冷的海水在前面等着我。道奇接着往前走,毫不犹豫地走进海水中。他一直走到及膝深的海里才停下,这才匆匆回头看了一眼,发现我还站在原地。我赶紧向前走了几英尺,走进海水里,不然他就该看出我是个胆小鬼了。

海水还是那么冰冷。刺骨的寒冷让我喘不上气,汗毛都竖了起来。而且,此时海水只是到我的脚踝而已。若是海水漫过了我的腰,那该有多冷呀?及胸深呢?我想象着自己把头潜入漆黑的海水下面,不由得一激灵。

"或许达伦说得对。"我向道奇走去,他说道,"只有喝了酒，才有勇气到海里来。"

我轻笑一声，我的身体哆嗦得厉害，笑声显得十分古怪。

"但愿他别再像个讨厌鬼了。"他挖苦道。

我没出声，只是点点头，对此我不抱任何希望。每次我见到达伦，他都是那副德行。

道奇叹口气。"马丁已经准备好要跟他打一架了。但愿他不会这么做，不然达伦会把他的鼻子打断的。"

"马丁会冷静下来的。"我安慰他，"我会让艾玛霸着达伦，让他没心思去干别的事。她可以叫他去盘点她的化妆品，那样他至少两天都有的忙了。"

道奇讥讽地笑笑，冲我眨眨眼。我本来该脸红的，只是我的全部血液都忙着让我的内部器官正常运转。这会儿，我的脚都没有感觉了。

"那我们还游泳吗？"道奇充满疑问地看着我。

"看在你过生日的分上，都听你的。"我告诉他。

"那就来吧。"他咧开嘴笑了，"现在跑到齐胸高的海水里！"

我还没来得及反对，他就向深处跑了过去，把冰冷的水花溅到我的身上。我尖叫一声，表示抗议，但这么做的结果就是又恶心又咸的海水灌了我一嘴。我把水吐出来，干呕几下，然后闭紧嘴巴，跟在他身后。

说句实话，习惯了之后，感觉就不那么糟糕了。等到我鼓起勇气,把脑袋探到海面之下的时候,感觉甚至更好了。不过咸咸的海水挺脏的,真希望这会儿是在游泳池里,那里没有细菌,经过了氯消毒,水也很暖和。我们其实不是在游泳,而是待在很深的水里,若是我踮起脚尖站着,海水就会拍打我的喉咙。道奇比我高,海水只到他的肩膀。他站在那里一动不动,我则用脚踩水,这样能暖和一点。

"你这不叫游泳。"我说,我的双臂和双腿有节奏地划着水,就这样漂浮在海面上。

"我估摸我的四肢都要冻僵了。"他坦言道,还不好意思地朝我嘻嘻一笑,"这大概不是个好主意。"

"噢,得了。"我说,"反正我们都下来了。你就把这里想象成阿卡中心不就成了。"

"这里可没有小孩子在游泳池里撒尿!"他笑着说,"也没有总是气呼呼又厌世的救生员。"

"没有老奶奶吵着要你不要溅水,弄乱她们漂亮的发型。"我附和道,"所以,这里真的挺不错。"

"是呀——"跟着,他露出一个惊恐的奇怪表情,随之向后栽倒在海里,消失在了水面之下。

"道奇?"我盯着水面,等待他浮出水面。可他没有。"道奇?"

我向前游去,伸出手胡乱摸索。什么都没摸到。我就在他刚才栽倒在水里的地方,我伸出手指,睁大眼睛在漆黑幽深的海浪下寻找他的身影。

"道奇?"我有点慌了,能够清楚地感觉到每一秒的流逝。现在有一分钟了吗?还是超过了一分钟?我侧过身,正准备叫岸上的艾玛和达伦来帮忙,这时候,我面前突然水花四溅。

道奇纵身跃出水面,又溅了我一身冰凉的海水,被他这一吓,我至少短命十年。

"你……你这个白痴!"我喊道。他一边喘粗气一边笑,笑容灿烂极了。"我还以为你淹死了!"

"对不起。"但他一点歉意也没有。他揩掉眼睛周围的海水,看了我一眼,跟个顽童似的,"我和我父亲常这么做,看谁能在水下待的时间久。总是我赢。"

"那你该提早跟我说一声!"我生气地说,这会儿,我感觉自己就是个大傻瓜,"这一点也不好玩。"

"的确如此。"

我张开嘴,本打算教训教训他,告诉他这可不是闹着玩的……就在此时,一个东西从我的腿边滑了过去。

"那是什么?"我屏住呼吸,四肢紧绷,一下子就把道奇的古怪行为抛到脑后,只是注视着我周围的海水。此时,一个柔软的东西蹭过了我的腰。

"有东西碰了我一下!"我尖叫着说。

"是水母吧?"道奇问,这小子强忍着笑意,我估摸此时我的表情肯定很惊慌。

"这里有水母吗？"我的声音就跟短促的尖叫声差不多，大概只有狗狗能听得到。

"也许吧。"

又有一个"东西"轻轻掠过我的小臂，似乎卷住了我的手肘。在这轻轻的碰触下，我吓得立即动了起来。我疯狂地拍打手臂，向道奇游过去。我仿佛感觉到有触手爬到我的腰上，我连忙向他伸出手，紧紧抓住他的肩膀，把两条腿别在他的腰上。我甚至都没意识到自己在他耳边尖叫。过了一会儿，他别开脸，躲避我的叫声，我才回过神来。

"对不起，对不起。"我连声道，但我没有松开手，"带我走，离那些东西远点儿。"我央求道。

道奇被逗笑了，我能感觉到他笑得胸口剧烈起伏着，不过他开始蹚水向海岸走去，还抱着我，因为我不愿意放开他。对于深海怪物的恐惧叫我连害羞都忘了。幸好道奇并不讨厌我的懦弱。事实上，他好像还有点儿享受，看到我吓得杏眼圆睁，他笑得别提多灿烂了。

"几只水母就能让你冲进我怀里，"他开玩笑道，他把我放在沙滩上，却依然搂着我的腰，"要是蜘蛛进了你的帐篷，我救了你，你会怎么样？"

"嫁给你！"我脱口而出。他向后仰起头，哈哈笑了起来。

## *10*

在海里待了那么久,所以过了很长一段时间,我才暖和过来。我坐在椅子上,裹了一条毛巾,双臂搂住膝盖,牙齿直打颤,心里却乱糟糟的。道奇说我碰到的是水母。他这么说,只是朋友间的玩笑话,还是那根本不是水母,而是什么轻飘飘的东西?

我也挺尴尬。道奇把这件事讲给艾玛和达伦听,我只觉得脸灼烫得厉害,而在我的整个身体中,只有这个部位是热的。他们两个其实都听到我狂叫不止了,但距离太远,没看到发生了什么。这两个家伙一块嘲笑我,所幸没有恶意,更好的是,道奇在讲到我主动冲进他怀里的时候,又对我眨了眨眼睛。

"真对不起。"我喃喃地说,我可没那个胆量开个玩笑,或是说些暗示性的话,若是换成艾玛,她一准儿会这么干。

"不要紧，我很喜欢。"道奇冲我扬起一边眉毛。看到我脸上的表情时，他大笑起来。

我害臊地别开脸，我真气我自己，竟然想不出任何聪明的反应。他们继续聊天。

他们聊到了钓鱼。道奇的父亲来这里就是为了这个。道奇也不知道他有没有钓到过鱼，不过可以确定的是，他有一次在这里感染了流感。达伦倒是跃跃欲试，想要证明他具有这些男子汉的技艺。只是他没有鱼竿，更没有鱼线和鱼钩。从沃尔沃汽车装满杂物的后备箱里，他只找到了一根长麻绳，并且预备把冰冻香肠系在麻绳一端。他坚称这东西能管用，对道奇的意见充耳不闻。我没发表任何意见，我对垂钓的了解，就跟我对交流发电机电刷的了解一样，知之甚少。不过达伦也太乐观了。他用香肠吸引到过路的爱尔兰人的可能性更大。艾玛没理会我们，只是晒她的太阳，想把皮肤晒成古铜色，遮住晒伤的部位。至于她的计划能否成功，我持怀疑态度。

他们还在讨论钓鱼的事儿，但过了一会儿，我就顾不上听他们说话了。我注视着在海面上跳动的光亮，可忽然之间，光亮消失了。

"嘿！"艾玛抱怨道，她把墨镜举到额头上，盯着天空。

我这才注意到厚厚的云层遮住了太阳，遮挡住了阳光。这些云没什么威胁，如同蓬松的棉花一样在天空中盘旋，可在我们身后，铅灰色的乌云正从小山那边飘过来。要下雨了。

"我们得把东西搬进去。"看到乌云逐渐弥漫天空，我提醒大家。

"下不了雨的。"达伦提出不同意见，还不屑地摇了摇头。

他话音刚落，平地里就刮起一阵劲风，吹得水沫四溅。

"要下雨了。"道奇说着站起来，看着风雨欲来的天气，"而且是大雨。"他看着我，"你们的帐篷是防水的吗？"

我蹙起眉头。"理论上是。"

我用的是表哥的旧帐篷。本以为这几天都会是大晴天，就没想到要问他帐篷能不能禁得住大暴雨。

"那就到我们的帐篷里来吧。"他说，"就算是倾盆大雨也奈何不了我们的帆布篷顶。"

"谢啦。"我一跃而起，把身上的毛巾裹紧，飞奔向我们的帐篷。一到里面，我就飞快地穿好衣服，把其余东西都塞进包里，盼着背包多少能起到一些保护作用，然后跑到外面。两个男孩子正把食物和其他补给品搬进他们那个较大的帐篷里，把所有东西都放在三个颜色绚丽的睡袋上面。三个。一想到这个，我不禁蹙起了眉头。

"嘿，有没有人看到——"

此时，暴雨突降。

没有一点预兆。没有暴风雨前的蒙蒙细雨。豆大的雨点从天而降。一瞬间我就被淋了个湿透，雨水从我的鼻子往下滴落，游完泳之后，我的头发本来快晾干了，这会儿又湿透了。我刚刚穿上的T恤此时贴在我身上,像是冰冷的第二层皮肤,很不舒服。我们片刻之前还在享受的美好夏日此时不见了踪迹。

我一头钻进男生帐篷。

"是不是要拉上帐篷门的拉链?"我问,我的鞋都湿了,沾满了沙子,我走起来很小心,以免踩到他们的东西。

"拉上纱网的拉链就成。"道奇告诉我,"入口处能把水隔在外面。"

我们坐成一排,透过半月形的纱网,看着大雨不断地倾落下来。好大一场雨呀,大大的水珠砸在沙滩上,砸出了一个个小坑,落在大海中,溅起一片水雾。我们坐在那里,连时间都失去了意义,这样的情景看了叫人入迷。乌云太厚了,这会儿天色已经暗了下来。我们好像是透过过滤器在看这个世界,色彩都被滤掉了。

"谁有手电筒?"达伦问。

有人在我的两侧摸索着,可帐篷里依然黑咕隆咚。

"到底跑哪里去了?"道奇大声问道。

"我把它放在开口那儿了,要是有人半夜去撒尿,就能用上。"达伦说,他正好在我周围的防潮布上摸索手电筒,所以他的声音就在我耳边响起,"希瑟,我想手电筒就在你的屁股下面。"

"是吗?"我感觉身下没东西,可我还是顺从地躲开,让他检查我坐过的位置。什么都没有。

"你在找什么?"艾玛问,她的声音有些模糊不清,仿佛她整个人处在恍惚之中。"给你,用这个照亮吧。"

只听啪嗒一声,帐篷里变亮了。

"老天。"道奇笑了起来。

"艾玛,有时候我真觉得你不是这个星球上的生物。"达伦抱怨,可他伸手从她手里接过手电筒,脸上的表情却是宠溺的。

"什么?"她眨眨眼睛,依次看了看我们几个人,有点迷惑不解。

"不要紧,天使。至少你还是个大美人。"

我翻翻白眼,挪回到我刚才的位置。每次我以为达伦不那么糟糕,他总会说出这样一些神气十足的话,没有一丁点幽默感,逼得我不得不维持原先的评价:他就是个蠢货。

"呀!"就在我坐回去的时候,有个东西弄疼了我的屁股。有两个手电筒吗?

不是。弄疼我的是我衣兜里的那个东西。我摸索着我的牛仔裤,终于把那东西拿了出来。

"啊。"我注视着它,不由得惊奇起来。

胸针。我差点都把它忘了。为了达伦和马丁吵架的事儿,我早就把它忘得一干二净了。它在手电光下闪闪发亮,弯曲的边缘绽放出点点光亮。手电光不够亮,看不清蚀刻图案,不如我在阳光下看得那么清楚,但我抚摸胸针的表面,能感觉到凹槽。

"你把它弄干净了!"道奇惊讶地说。

我转过身，就见他热切地注视着胸针。

"嗯。"我说，"非常美。"

"给我瞧瞧好吗？"我把它放到他伸出的手掌里。他把胸针举到面前，把手电筒侧过来，好看得清楚些。"喔。"他说，"太酷了。现在看来不像什么古物。"

他似乎也对表面那些符号着迷了。

"你觉得那些图案是什么意思？"我指着一个隐约可见的漩涡问道。

"不清楚。"道奇耸耸肩，"不知道这东西是用来做什么的？"

我们都沉默下来。道奇依旧在端详那枚胸针，拨弄着背面的别针。我看着他，试图想象这枚珠宝最后是如何被深深埋葬在一座倒塌的石冢里。那座小山位于一个与世隔绝的地方。我觉得应该是有人经过，然而，似乎不太可能是留下胸针的人无意间发现了那个地方。我想到了另一种可能性，心里一紧，感觉很不安。如果这是个定情信物呢？也许是一个悲痛欲绝的寡妇把它留在了那里，是给亡夫的礼物，或是丈夫留给亡妻的，而那个地方就是他们曾经相爱的地方？我又一次感觉我们不该把它拿走。或许我可以说服道奇把它放回原处。

这么想着，我环视帐篷，看向达伦，只见他正若有所思地盯着半埋在沙土里的啤酒冷藏箱。没错，我一定要这么做。不过要等到只剩下我和道奇两个人的时候。达伦肯定不明白，只会嘲笑我一番。但愿道奇不会这样。

这样决定后,我感觉压在心里的大石头一下子就没了。我继续看起了落雨。

"艾玛,大雨之后,只能去海里把我们的东西捡回来了。"我悲哀地告诉她。我用来装东西的那个包并不防水,而且,我之前也没想到要把我们的睡袋拿来。真是太蠢了。

"我才不要在湿睡袋里睡觉!"艾玛抱怨道。

"我们还有辆车呢。"我说,充满期盼地看着达伦。

他咧开嘴一笑。"别担心,女士们,我们会在这里给你们挪出点地方。"

"哪儿?"艾玛四下看看。帐篷里摆满了男生的东西,连个下脚的地方都没有。

"随便你们信不信,反正这是个六人帐篷。"道奇解释道。

"哈!"艾玛哼着鼻子嘲笑着说,"希瑟说我们那个是四人帐篷。四个什么,侏儒吗?"

一说到数字,刚才想到的一个念头又回到了我的脑海里。"嘿!"我大声喊道,"马丁在什么地方?他还没回来呢。"

达伦笑了。"四眼田鸡这下要变成落汤鸡了!"

我气愤地瞪了他一眼。"不许你这么说他!"

"呀,别这么小气嘛!"他对我笑笑,"你该不是要说你们两个好上了吧?"

"达伦,别说了。"道奇呵斥道。俩人在狭窄的帐篷中怒目而视,仅此一次,达伦乖乖听话了。道奇看着我,流露出担心的眼神。"你觉得是不是该给他打个电话?"

我看着外面的大雨和黑暗四合的天色。

"快打。"我说,"快打吧。等等,我带手机过来了。"

我把手机从衣兜里拿出来,翻看联系人,找到马丁的名字,按住他的条目,"呼叫"框出现在屏幕上。呼叫过程只持续了两秒钟,便中断了。

"怎么回事?"我不明所以地盯着手机。接着,我想起五金加工厂里那个女孩子告诉过我的话,就是借给我们临时电源的那个。"啊,没信号。"

道奇拿出他的手机,看了看,便叹了口气。"我的也是。我们要等多久才出去找他?"

我看看手表。马丁已经离开好几个钟头了。道奇注意到了我的表情。

"现在就去?"

我犹豫了一下,跟着点点头。

"我和艾玛留下。"达伦大声说,"你们也知道,也许他会回来呢。"

艾玛的赞同声淹没在了道奇匆忙站起来而弄出的沙沙声中。

"我们都得去。达伦,快穿上你的衣服。"

艾玛倒是听话，一声不吭地接受了道奇的命令，可在我们整理东西的十分钟里，达伦一直嘟嘟囔囔，抱怨个没完没了。我们穿好了防水的衣服和靴子，我和艾玛都拿着伞，就在我们准备好出去的那一刹那，雨停了。我们只好扔掉伞，脱掉防水夹克，换上厚针织套衫，毕竟风还没停，天也很冷。弄好之后，我们穿过沙滩，向我看到马丁离开的方向走去。

"怎么就没人想到他可能会走一圈又回来呢？"达伦问，"他从这个方向走，并不代表他会从这个方向回来。在我们摸黑跋涉这期间，他可能已经绕回营地了。"

"那他会在那里等着，到时候我们回去，就能看到他。"道奇坚定地说，"你别想找借口回去，达伦。"

这之后达伦没有再抱怨，不过我看到他恶狠狠地瞪着道奇，小声嘀咕着什么。这件事之后，他和马丁之间的关系是不会好转了。

沙滩尽头只有一条小路。它沿着布满岩石的海岸，蜿蜒向上延伸到陡峭的山腹。沿路走到山顶，我们来到了我们来时驱车走过的那条公路。这会儿，只有一个方向是马丁有可能去的，于是我们沿着公路向那个泥土停车场走去。走起路来可比挤在闷热的汽车里漫长多了。我们走下通往海滩的陡峭山坡，此时，夜幕降临了。

我们这一趟走了两个小时，也许更久。在营地附近的停车场里，我们看到了达伦那辆沃尔沃汽车，那条烂鱼还是那么臭，下过这么大的雨也没能让它的气味减弱哪怕是一星半点。但我几乎没注意到臭气。我只顾注视着海滩，寻找手电光或是篝火的火光，那样就说明马丁已经回来了。但我什么都没看到。乌云终于散开了，朦胧的乳白色月光投射到海面上。

"马丁？"我一边跌跌撞撞地沿着那条狭窄的路向下走，一边喊道。没人回应。"马丁，你在这里吗？"

四下里一片沉寂。我的运动鞋陷入柔软的沙地里，沙粒钻进我的鞋子，硌着我的脚生疼。但我没有注意到。道奇打着手电，扫过海面，手电光在我前面来回晃动。

我再次大声呼叫马丁。

"马丁！"此时，我能听出我的声音中夹杂着的恐慌与愧疚。我真该和他一起去的。他也希望我去。他到底怎么了？我的心紧紧揪在一起，不安到了极点。我快步向前走去。

我走到营地中间停下来，我们的大多数东西都在男生帐篷里，所以营地显得十分空荡。风打着旋儿吹，把我后面三个人的说话声吹得有些失真。我转身注视他们。

"他不在这里。"我说了一句废话。

他们脸上的担心神情啃噬着我的五脏六腑。就连达伦也紧张不安起来。

"他还能去哪里呢？"道奇问，他皱起眉头，在思考着什么。

"他可能在什么地方摔倒了。"我说，"兴许是扭伤了脚踝，走不了路？"

一个恐怖的画面在我眼前闪过：马丁在一道沟里缩成一团，浑身湿透，冻得直打哆嗦。达伦在我前面晃晃脑袋，打破了这个画面。

"不可能，我们沿着路走了整整一圈，如果是你说的那种情况，我们一定能看到他，不然他听到我们的声音，也会呼救的。"

"或许他昏倒了——"我说道。

达伦打断了我的话。

"不要过早下结论。"

"那他在什么地方？"我的声音很尖厉，语气十分刻薄。我看到达伦听到后五官都拧在了一起。

"我不知道。"他说着双臂抱怀。他的肌肉都鼓了起来，显得很有威胁。"或许……或许他走了，在公路上搭顺风车走了。"

"不告而别？"道奇并不相信这样的说辞。我也是。马丁绝不会那么做。

"他发脾气了。"达伦又道，更加起劲儿地说着他的观点，"他生我的气了——"（并非无缘无故，我心想。）"然后，你们也没人陪他去散步。或许他只是决定消失一下。五个人太拥挤了，就是这样。"

"不是这样的。"我无力地争辩道。

也许事情就是这样，至少对马丁而言是如此。达伦的话说中了我的痛处，我愈发不安起来。如果他就是这么觉得，会怎么样？他之前肯定很难过，每过一会儿就要和达伦起冲突。我和道奇都是他的朋友，却由着他一个人气冲冲地离开，我们两个却一起去游泳了。也许他觉得很孤独，感觉自己遭到了忽视；也许他决定离开。

这样一看，达伦说的情况倒也显得有几分可能性。我咬着嘴唇，不愿意承认这一点，心中充满了愧疚。

道奇替我解了围。

"即便他是这么想的，我还是觉得他不会离开。他不会上陌生人的车。再说了，我们可是从那条公路一路走过来的，连一辆车都没见到。"

"我们是没见到人影儿。"达伦说，"但这不代表马丁也没有。"

"你是说他看到了一辆车，而这辆车碰巧也愿意停下来，让陌生人搭车？"道奇反问道。

达伦耸耸肩。"有可能。没准他去了另一边，到弯道那里去了。那儿的车比较多。"

"也许。"道奇的声音很生硬，可见他并不相信，"你觉得他连他的东西都不要了？"

"谁说他没有？"达伦问。

我们都看向男生帐篷，然后望着彼此。

"我去看看。"达伦走出手电光的照射范围。

只听见帐篷门帘的拉链拉开的声音，跟着是一阵窸窣声。帐篷内亮起一团较小的光，比手电光要白，像是手机发出的光亮。随着达伦在帐篷里搜索,那个光亮来回晃动着。我们也可以去,但不知道为什么,我们谁都没动,只是站在那儿,围在昨天的火坑边上,等待着。

帐篷里的灯光熄灭了,我哆嗦了一下,却不是因为冷的缘故。紧张之下,我把手插进衣兜,摆弄那个胸针。达伦终于再次出现,他拉上帐篷门的拉链,把门廊弄正,并不急着报告结果。

"怎么样?"道奇问道,他用手电照在达伦身上,懒得再等了。

达伦耸耸肩。

"他肯定是走了。"他说,"他的背包不见了,衣服也没了,只留下了睡袋和气垫打气泵。"

道奇生气地皱紧眉头,并不相信这个可能。"他是在什么时候回来拿东西的?"

"就在我们去荒郊野地里找他的时候。"达伦反唇相讥,"我告诉过你,我和艾玛应该留下来。那样我们还可以留住他,给他讲讲道理。"

道奇不屑地哼了一声,我知道他在想什么。达伦更可能是帮马丁打包,让他去公路上搭车。他有些沮丧,用手捋了捋头发,一下子把头发弄得乱七八糟的。

"见鬼。"他小声抱怨道,"我就是不能相信。"

我也不能。是我们把马丁逼走的。达伦是酗酒,爱发脾气,但是我和道奇伤了他的心。我痛苦地吞了吞口水,很讨厌我自己。

"那我们该怎么办?"我问。

"去找他。"道奇立即回答道。

我先是眨眨眼,跟着点点头。我们当然应该这么做。只是……

"怎么找?"达伦的声音有些尖刻。

"什么?"与其说道奇没听懂,倒不如说他非常恼火。

"我们怎么找他?我们连他在什么地方都不知道。事实上,他可能都快到家了。我们的手机没有信号。你难道要我们徒步穿越邓弗里斯郡吗?"

"我们可以开车。"道奇回嘴道,仿佛这是显而易见的事儿。

"那你来开?我喝酒了,不能开车。"

道奇对这话很不以为然,我也是。达伦已经几个小时没喝酒了。那之前他喝了多少?或者这只是个借口?

不过这倒是个很好的借口。如果达伦不能开车,那我们就不能去找马丁,至少今晚不成。

"听着,"达伦的语气变了,像是在讨好。"我们今晚什么都干不了,只能留在这里,到了明天早晨,我们就开车去有信号的地方,你可以给他打电话,把事情问清楚。他一定会安全回到家,去找他妈妈。我保证。明天我肯定开车带你们去。"

道奇想了一会儿。"起来就去?"他问。

"起来就去。"

我不喜欢等到天亮这个主意。虽然达伦说得头头是道,可压在我心里的巨石依然没有移动。这兴许是因为天太黑了。除了微弱的手电光,沙滩上漆黑一片,该更换电池了。海水在月光下闪烁着点点银光。达伦建议生堆火,我欣然同意。在他拿出威士忌的时候,我甚至都没有抱怨。我需要酒,只有这样我的心里才能暖和过来。

我尽量压抑内心深处的一个念头,我总觉得马丁并不在回格拉斯哥的路上,坐在陌生人车子的后座,快乐地聊着天,而是在一个更加漆黑、更加冰冷的地方,孤立无援。

## 11

过了好一会儿,我们总算把篝火点着了。我们捡来的大部分木头都被淋湿,风不停地吹灭我们费力点燃的火焰。不过,达伦从车里拿来一小瓶打火机液,就这样,我们点着了火。篝火一着,气氛立马就变了。火焰散发出温暖,驱逐了我们周围的暗影。

不过我们都沉默不语,依然情绪低落。有那么一刻,四周仅有的响声便是木头噼里啪啦燃烧的声音,和道奇用小烤架烤肉饼的嘶嘶声。我们都饿了,为了找马丁,都没顾得上吃午饭。

艾玛每次起来到黑暗的地方小便,进帐篷穿针织套衫,拿梳子,或是取饮料,总是把她的椅子从我身边移开一点点,向达伦靠近一点点。我从没见过她移动超过一英寸,可不知怎的,达伦的椅子也渐渐远离道奇。最后,等我抬起头来,就发现我们之间出现了明显的划分：达伦和艾玛坐在篝火的一边，我和道奇坐在另一边。

老实说，看着他们十指交缠在一起，艾玛嘻嘻笑着，达伦冲她挤眉弄眼，笑容中透着一股淫邪，我并没有感觉特别讨厌，倒是有点担心他们会用马丁的失踪当借口，两两配对，把我和道奇强逼成"一对"。

道奇注意到了吗？我偷偷地用眼角余光看着他，只见他正看着我的方向。我原以为他会说些什么，可他没有，只是一直盯着我看。

"怎么了？"我终于还是问道。

他耸耸肩。

"没什么。"

一阵沉默之后，我问道，"你真觉得马丁搭顺风车走了？"

又是一阵沉默，跟着，道奇点点头。

"是的。"他说。

这可能是真的。马丁很有可能想要逃走，他可能感觉糟透了，才会去找陌生人搭车。我很难过，因为我知道一部分责任在我，可现在我真的很生他的气。他肯定知道我们会担心。留张纸条很难吗？也许他这是在惩罚我们。我能想象到他在离开时健步如飞地走上小山，连一眼都不回头看，脸上露出自以为是和愤愤不平的表情，还念叨着我们活该。

我任由自己心怀怨恨，这样就更容易让自己相信用不着去担心他。只是……

"我……如果明天我们打电话他不接,该怎么办?"我说,"或者说,他接了,而他其实是一整夜被困在了沟渠里,那——"

"不会的,希瑟。"道奇打断了我的话。我由着他,毕竟这么一说,那种恐怖不安的感觉又悄悄回到了我心里。我深吸一口气,努力寻找安全的话题。只有一个选择。

"艾玛和达伦看起来可真开心。"

"是呀。"道奇的视线越过篝火,落在他们身上,他们的脸几乎要贴在一起了,正对彼此笑着,"是呀,我觉得他是真的喜欢她。"

"真搞不懂是为什么。"我小声说出了我看得出他想要说的话。

道奇哈哈笑了几声。"达伦一点也不可爱,"他轻声说,"他就是个大傻瓜。"

我扮了个鬼脸,表示同意他的话,因为我并不想把这话直接说出来。

"我觉得他们很适合彼此。"我说,讽刺地一笑。

"我也这么觉得。"道奇也笑笑。

这之后我们就没再说话了,这可是我第一次感觉到安静地坐在道奇身边,什么都不干,只注视火焰,是这么惬意。

"伙计们,该睡觉了。"达伦的声音突然响起,吓了我一大跳。我扬起眉毛瞧着他,有点摸不着头脑。对达伦而言,睡觉是个很合理的主意。现在也就是午夜刚过,他几乎无酒可喝。兴许是马丁的事其实也让他心情难安。也许,说到底,他也是个感情丰富的人。

然而，就在他站起来的时候，我看到他的袖子里有一处隆起，而且是圆柱形，非常可疑，我不由得眯起眼睛。他在打什么鬼主意？

只可惜我太累了，便爽快地答应了。我强撑着站起来，向我的帐篷走去。我换上睡衣，站起来，有点犹豫不决。我想小便，不过天太黑了，而且，我的睡袋在召唤我，睡袋表面还有点潮湿，好在里面是干的。然而，我知道，如果我爬进去，夜里还是得起来去方便。于是，我大声地嘟囔一句，便咚咚咚走到了外面。

一个人在黑夜里溜达，我总觉得心神不宁，于是我以破纪录的速度回到了帐篷边上。帐篷里有灯光闪烁，帐篷门关着，可见艾玛回来了。我俯身拉开拉链，接着大吃一惊，愣在了入口处。

达伦若无其事地躺在双人睡垫上，冲我挥了挥手。

"嗨，美女。"他嬉皮笑脸地冲我眨眨眼。

"你在这里做什么？"我问道，我太惊讶了，也顾不上礼貌了。

艾玛不知打哪里冒出来，来到我边上站定。

"达伦要睡在这里。"她轻快地说。我目瞪口呆地看着她，惊愕不已。我觉得我在她的眼睛里看到了一丝忸怩的神情，可接下来她从我身边走了过去，转身挡在我面前。

"那我要去哪里睡觉？"我咬着牙说。

"啊，不知道。"她害羞地向我眨了眨眼睛，"你去别的地方嘛。"

"艾玛,你不能这么对我。"我低声呵斥道,可事情已成定局。艾玛不理会我,只是伸出手,要去拉帐篷门的拉链。

"以后你会为了今天这事儿感激我的。"在我被拒之门外的时候,达伦喊道。

明白了他话中的含义后,我什么话都说不出来。她不光把我赶出了我们的帐篷,还把我对道奇的感情告诉了达伦。达伦呀,这人守不住任何秘密。我咬紧牙关,这才没有开口骂人。

就这样,我垂下肩膀。今天晚上我是没办法和达伦起冲突了,于是我开始琢磨我仅有的选择。我就好像一个将要上绞刑架的死刑犯,犹豫不决地向另一个亮光处走去。那里是男生帐篷。道奇的帐篷。

我在帐篷前停住,犹豫了起来,两只脚不停地倒换,我窘得厉害,都不敢大声说我来了。我很想敲敲门,只是帐篷是帆布做的,没法敲。于是,我清清喉咙,带着挫败和恳求的心情,最后看了一眼在我的帐篷里的艾玛和达伦,然后,我深吸一口气。

"道奇?"我用沙哑的声音说,声音尽量放轻。我可不愿意达伦或艾玛听到。

他没有接话,我听到里面传来拖脚走路的声音,过了一会儿,他把脑袋探出帐篷。

"嘿。"他和我打招呼,"怎么了?"

这么说,他还不知道达伦和我的"朋友"做出了背叛行为。

我说不出话来，只是看着他。他先是迷惑不解，随后被我逗乐了。

"我能在这里睡觉吗？"我终于还是小声说了出来，真希望找个地缝钻进去。

他又被我弄糊涂了。

"你的帐篷呢？"

"达伦在里面。"我实话实说。

"啊。"他看着另一个帐篷，笑了出来，"原来那小子在那里呀。"

他向后退开，把开口拉大，让我钻进去。我尴尬到了极点。我跌跌撞撞地走进去，坐在后面杂物最少的角落里。道奇去拉拉链，裸露的后背对着我，我再次尽情欣赏他光滑的肌肉随着他的动作在皮肤下移动着，但就在他转过身来的时候，我强迫自己收回目光。我用眼角余光看到他拿出一件T恤套在身上，感觉很不自在，又有点失望。

"好啦。"他钻进一个深红色睡袋，笑着看着我。我感觉好了一点。"蓝的还是绿的？"他指着另外两个睡袋。为了不去看他，我只好看着睡袋。地方太窄小了，帐篷壁跟纸一样薄，让人觉得幽闭恐怖。

"哪个是达伦的？"我问道，努力表现冷静，却没有做到。

"蓝色那个。"

"那我选绿色的。"

我拉过海绿色的睡袋,开始往里钻。我计划赶紧睡着,好躲避现在这种尴尬的折磨。我知道艾玛肯定对我很失望,到了早晨,她就会管我叫胆小鬼,说我浪费了一个大好机会。我只希望我们不会听到从另一个帐篷的方向传来任何声音。她当然不会让我这么难堪。

"这里很冷。"道奇提醒我,我翻了个身,躺在大气垫的一端。这个气垫比我们帐篷里的那个大很多,也许是超大号的。"篷顶太高了,空间太大,聚不住热气。"

"没关系。"我说,我直勾勾地看着前方,只见达伦的蓝色睡袋皱巴巴的,表示他并不在里面。我已经感觉到冷了。马丁的睡袋不如我的厚,织物闪闪发光,衬里为棉布,外层面料为防雨尼龙布,我的睡袋用的则是蓬松的棉衬里,所以保暖性能好很多。我又向里面钻了点,这样我的鼻子就不会暴露在外,我只是露出眼睛,偷看道奇,可还是感觉太亲密了。我只好闭上眼睛,却很想知道他是不是还在看我。我试着悄无声息地转过身,那样我就能背对他,就不会这么难为情了,可他突然开口,我只好放弃了这个打算。

"真冷呀。"他叹口气。

我睁开眼,盯着篷顶。

"嗯。"我嘟囔一声,表示赞同。

"我们应该挤在一起睡。"他实事求是地说。看到我向他投去警惕的目光,他笑了起来,"你知道的,就跟企鹅一样。"

企鹅？说是两个不自在到极点的人更合适吧。或者说，至少有一个人特别难为情。一个有希望却把握不住、胆小、难为情的人。可他一直看着我，等我回答，脸上依然荡漾着微笑。我其实很愿意按照他说的做，同时又真不愿意那么做。我不知道还能怎么办，于是开始像只超大号的蠕虫一样，向帐篷那边挪。因为道奇压着，睡垫向他那边倾斜，我几乎是滚过了最后一点距离，我用手撑住睡袋一侧，希望能阻挡住我翻滚的身体。道奇见状只好接住我，不然在惯性下，我们两个都会撞到帐篷壁上。我的脸埋在他的胸口，我用力嗅了嗅他的香体喷雾，脸贴着他的T恤。衣服的气味真好闻。我连忙阻止自己心猿意马。

"对不起。"我气喘吁吁地说。

噢，老天。我的老天！太尴尬了。不过他哈哈笑了起来。他是在笑我，还是和我一起笑，我可看不出来。我羞得无地自容，都不敢看他的脸。

"用不着道歉。"他笑着说，"有哪个男人不希望女人主动投怀送抱呢？而且是一天两次！"

"好吧。"我说不出话来。我的脸感觉跟着火了一样。我现在可不冷了，这一点很肯定。

道奇也不冷。他用两只手臂搂着我，贴在我身上的身体散发着热量。他压根儿就没觉得冷过。我扬起一边眉毛，有点糊涂，也很好奇，可这个想法只持续了一秒钟便被我否定了。别傻了，我告诉我自己。

我也说不清他为什么希望我们像"企鹅"一样,我翻转身体,用背贴着他的胸口。这样一来,不自在的感觉稍稍缓解了一点。看到整个帐篷的长度,我就感觉我们之间靠得也不是那么近。道奇的一只手垂在我的身体一侧,另一只在他的脑袋下面,充当枕头。

"这样暖和多了。"他轻声说道。

我点点头,我估摸要是我说话,只会令我自己更加尴尬。他的呼吸吹到我的脖子上,弄得我浑身战栗。我努力不去在意,只是听着退潮的海水有节奏的拍打声,盼着能睡着。我终于得偿所愿了。

等我睁开眼睛的时候,已经是早晨了。道奇的手臂没有搂着我,他的胸口也不再贴着我的后背,带给我舒适的压力。我听了听,看看能否听到他轻轻的呼吸声,我的耳朵只捕捉到了波涛缓慢而持续不断的哗哗声。我转过身去看,却发现帐篷里只剩下我一个人,他那个深红色睡袋在我边上,里面空无一人。

我立即坐起来,伸了伸懒腰,微微皱着眉头。男生的气垫或许比我的大,却一点也不舒服。我的肩膀疼得厉害,我一动,脊椎就嘎嘎响。因为下过海,我的头发都缠结在一起了,就在我梳理头发的时候,帐篷帘被向后一扯,阳光直射进来,照得我睁不开眼。

"睡醒啦。"道奇说。

他已经穿戴整齐,只是没穿鞋。真不晓得他是怎么在没吵醒我的情况下穿好衣服的,我一向睡觉都很轻。

"是。"我冲他笑笑,可笑着笑着,就不由自主地打了个哈欠。我赶紧用手捂住嘴,只可惜慢了一点点。"只有你一个人起来?"我问。外面没有达伦或艾玛那悦耳的声音。

"嗯,我睡不着。"

"对不起。"我立即认错。但愿上帝保佑我昨天晚上没打呼噜。要是我打呼噜,艾玛肯定早就满口怨言了吧?

道奇摇摇头,我这才松了口气。

"跟你无关。"他告诉我,"你就像我的热水瓶一样。我准许你随时到这里睡。"他叹口气,"我就是一直在想事情。"

"在想马丁?"我猜测道。

道奇点点头,我咬住嘴唇,心里很不安。和道奇睡在同一顶帐篷里,我感觉既刺激又尴尬,让我把我们的朋友都忘了。我再次满心羞愧。

"我是说,也许达伦说对了。我只有确认了他的消息,才能放下心来。"他叹口气,紧张地用手捋捋头发。

"我知道。"我说,"我一直都觉得他不会不说一声就走掉。"

"等达伦一起来,我就想开车去大路,找有信号的地方。"

"不吃早饭就去?"不难想象达伦会有什么反应。

"要是可以,我想现在就去。"

"那个——"我想了想,"那干吗不去?"

道奇疑惑地看着我。

"怎么去？"

我耸耸肩。"你不是会开车吗？我们直接把汽车开走就行了。没准儿他们还没醒，我们就回来了。"

我看着道奇考虑我的提议。他皱着眉，很显然，这个主意对他而言很有吸引力。

"我会开车。"他缓缓地说，"在这么个鸟不拉屎的地方，也不可能有警车路过。再说现在还很早，能见到一辆别的车就算幸运了。"

我笑了，很高兴道奇接受了我的建议。

"达伦把车钥匙放在什么地方了？"我问。

"你后面。"道奇指指帐篷最里面，"在那个黑色大旅行袋里。"我伸手去拉拉链。"不是那儿。"他在我身后喊道，"在侧兜。"

我的手僵住了。在达伦那些胡乱塞着的东西之间，有一件非常眼熟的红色罩衫。我把它抽出来。罩衫下面有一个玻璃盒子和一条灯芯绒短裤，达伦是绝不会穿这种衣服的。

"道奇……"

我找到的都是马丁的东西。

# *12*

## 现 在

"在我看来,没有了马丁碍事,正合你意,希瑟。你正好和道奇独处。"

我瞪着彼得森,对他的话没有反应,我才不会让他称心如意。

"告诉我,达伦找到了马丁的东西,你有什么感觉?"

"你认为我有什么感觉?"我咆哮道,被他激得开口说了话,"是——"

我这才注意到他刚才说的话。

"是我和道奇找到了马丁的东西。"我告诉他,我有意说得十分平静。我把手攥成拳头,指甲掐进柔软的肉里,极力控制情绪。

"是我和道奇，不是达伦。"

"道奇？"彼得森抬高了声调，眉毛也扬了起来，把这两个字变成一个问题。"你以前可不是这么对我说的。"

"我以前就是这么说的。"我厉声道。

"不对，我有记录，希瑟。"他拿起我的文件夹，抽出那摞用订书钉钉住的文件，跟着又把它放回到文件中，我根本来不及去看页面上整齐的机打字。"你说的是达伦。"

弄错了。肯定是海伦弄错了。她在打字的时候一定又在巴结彼得森来着，和他眉来眼去，要求加薪。

"是道奇。"我又告诉他，"是我和道奇找到了马丁的东西。是在达伦的包里找到的。"

## 曾 经

足足五秒钟后，道奇才看清放在达伦用品上的东西，弄明白这到底是怎么一回事，他大声咒骂着，转过身，如旋风一般冲出帐篷。我从睡袋里挣脱出来，匆匆追了出去。等我来到外面的时候，就见他已经拉开另一顶帐篷的拉链。我听到艾玛尖叫着抗议。天亮了，太阳却尚未出现在地平线之上。时间肯定还很早。我希望这是唯一的原因。

"你发什么疯,道奇?"达伦的声音虽然听来很困倦,却很有攻击性。

"我发什么疯?"道奇叫道。我走过冰凉的沙滩,一边走,一边整理好我的睡衣,他的声音清晰可闻,"我们找到了马丁的东西,达伦!"

接着是一阵静默。我走到道奇身边,正好看到达伦愣住了。他看起来既好斗,又惭愧。可他满脸挑衅的神情,而且不够悔悟,难以叫人满意。

艾玛从她遮挡脸的枕头处小心翼翼地抬起头,躲避光线。

"到底怎么了?"她抱怨道。

"达伦竟然把马丁的东西藏了起来。"道奇解释道,他的声音充满了敌意,"马丁根本就没有收拾东西离开。现在只有天知道马丁在什么地方,我们本来应该在昨天夜里去找他的,结果我们却在这里烤肉饼,睡大觉!"

"好呀,就算他没拿东西吧。可他还是有可能搭顺风车离开这里呀。"达伦扬着下巴说,"我们又不知道他在什么地方。"

"没错,我们是不知道。"道奇愤愤地说,"但你他妈的没权力对我们撒谎!他现在可能就躺在阴沟里。昨天晚上这么冷!他有可能会死,达伦!"

道奇这会儿其实是在尖叫了。我伸手拉住他的手臂,可他甩脱了我,直喘粗气。艾玛看着这两个人,眼睛瞪得像铜铃。可当她看到达伦跟跟跄跄地走出帐篷，她的眼睛瞪得更大了。他只穿了一条平角裤，体型十分惊人。这会儿，他愤怒地浑身颤抖，看起来更令人震撼。他的双手握成拳头。我忍了再忍，才没有向后退。他的怒火不是针对我。也许也不是冲着道奇去的。

"四眼田鸡就是麻烦。"他咬牙切齿地说，"他就只会发牢骚，面对现实吧，他把这趟出行变成了一场闹剧，而不是派对。要是他蠢得要命，自己给自己找麻烦，那也是他自己的事。如果他出了事，是他活该。"

我目瞪口呆地看着他。就连艾玛也震惊了。

"这么说，就算他受了伤，或是死了，也不是什么大事了？"道奇的怒火几乎压制不住，就连声音都颤抖了。

达伦耸耸肩。"走开，别为了这点事影响我睡觉。"

艾玛轻声说了句"达伦！"这话却被道奇愤怒的咆哮声淹没了。他向前冲去，双手握成拳头，挥向达伦的脸。

# 13

"你确定你还好?"

这是我第四次这么问了,我的问题又一次得到了"我很好"这样简短的答案。

我们徒步沿公路向文明世界走去,那辆汽车则闲置在我们身后的停车场里。达伦不让我们开车走。道奇的鼻子挨了达伦一拳,这会儿还在流血。他刚才立即就要启程去找人。我唯一能做的事情就是让他等我三分钟,我好去拿衣服,然后,他就快步走出了营地。

"需不需要纸巾?"我问,我一路小跑,才能跟上他。

"不需要。"道奇用袖子一抹鼻子,白色上衣上立即留下了一道血印。

我不再吭声,只是集中精神赶路,小心避开公路上很深的积水洼。我的小腿火烧火燎地疼，饿得前胸贴后背，都快没力气了。但我不愿意让道奇放慢速度，毕竟他现在这么心烦意乱。老实说，我现在有点害怕他。他好像失控了，虽然我听不到他在说什么，可他的嘴唇在动，一直在小声说着什么。

过了一会儿，他突然站住，转身看着我。我向后倒退两步，站住不动。

"我的意思是，"他怒吼道，说出了我刚才没听清的想法，"我早就知道他不喜欢马丁，可看在老天的分上！他昨天一整晚都知道马丁失踪了，竟然连眼皮都没动一下。他只想着和艾玛在帐篷里鬼混。怎么会有他这样的人？"

我焦虑地看着他，一想到我必须回答，就很担心，唯恐会说错话。

"真不敢相信他竟然不许我开他的车。"我还没来得及回答，他继续说道，"我们本来应该已经找到了合适的地方，打电话给他。可我们现在只能在这个荒蛮的地方走路。要是他没回应……"

道奇没有说下去，他别开脸，望着大海，今天的大海是深蓝色的，天空乌云密布。我明白。如果马丁没有回应，我们怎么才能知道他到底怎么了？我们怎么才能找到他？我们已经去他可能走的方向找过了，我们还能做什么呢？

"好啦。"我轻轻地说，"我们赶快去找信号吧。"

道奇深吸一口气，又吐出来，看着我点点头，又扯了下嘴角，对我笑笑。他垂下肩膀，脸上的表情变了，更像是我认识的那个男孩子，只是多出了血迹。

"你确定不需要面巾纸吗？"我问道，我们再次走了起来，这次的步伐镇定了许多。

道奇试探性地伸手摸了摸鼻子，皱起眉头，立即把手放下来。

"我是不是很吓人？"

"红色并不适合你。"

我这话本没什么好笑，道奇还是哈哈笑了起来，只是他的笑声听起来很苦涩。

"给你。"我从衣兜里拿出一包克里奈克斯牌纸巾，拿出一张递给他，"有花粉病的人一向都是纸巾不离身。"收到他探询的眼神，我解释道。

"谢谢。"他接过纸巾，向后仰头，用纸巾堵住从他鼻子里向外流的鲜血，"我这辈子都不会原谅达伦。"他用面巾纸堵着鼻子说。

我知道他指的是马丁，而不是为了达伦把他的鼻子打出血这事。不过这也让他们之间的仇恨深了一分。达伦是这世上最大的大饭桶。我真不明白，除了肌肉，艾玛看上他哪里了。打完架之后，她很生他的气，主要是因为道奇的鼻子流血了，而不是因为他在马丁这事儿上撒了谎。可现在她和他在沙滩上，而不是和我们在这里。此举已经表明了她到底偏向谁。

道奇说得对，到大路的这一路上，我们就连一辆车都没看到。

在我们来到山顶的时候,唯一的声响便是一台发电机轻轻地嗡嗡响着。道奇看了看他的手机:没有信号。我的也是一样。几分钟之后,一辆白色面包车飞快地驶过。又过了五分钟,一对老夫妇开着一辆很旧却干净整洁的奔驰车慢悠悠地过来了。他们停下车,丈夫摇下车窗,问我们是否还好,可看到道奇满是鲜血的脸,他很快就高兴不起来,接着便把车开走了。

"也许马丁真的搭车走了。"道奇看着奔驰车消失在拐弯处,喃喃地说。

也许。

我们翻过一道栅栏,来到一片空荡田野的中心位置。这里是方圆几英里范围内的最高点,我们觉得,要是哪里有信号,肯定就是此处。

"怎么样?"我在他举起他那个小小长方形手机的时候问道。我自己的手机依然连一格信号都没有。

"还在搜索中。"他答。他又把手机举高一点,紧紧盯着屏幕。"啊哈!"他得意扬扬地对我笑了。他满脸都是血,看起来有一点点疯狂。我笑了,悄悄记下,等我们和马丁通完话,就再给他一张纸巾。

我们一定能和马丁通上话。只有这样,我才可以不再担心。

道奇把手机举到耳边,目光则落在我身上。

"通了。"他用口型对我说。

我等待着，脉搏疯狂地跳动着，心脏在我的胸腔里咚咚直跳。我听不到响铃声，但我默数着，每数一下，就多了一点紧张。一。二。三。四。每过一秒钟，道奇的脸上都可能露出灿烂的笑容。五。六。七。马丁随时都可能接电话。八。九。十。他为什么没接电话？

道奇的表情凝重起来，不安开始在我心里蔓延。他慢慢地放下了电话。

"转接到语音信箱了。"他轻声说。

"再打一次。"我催促道。

他默默地照办，我又开始计数。我尝试怀抱希望，却知道结果会是如何。饶是如此，看到道奇摇摇头，一脸严肃的时候，我还是感觉好像受到了重重一击。

"没人接。"他说，确认了我的恐惧。

"那我们该怎么办？"我问。我很迷茫，像孩子一样。"是不是该给他父母打个电话？"

道奇露出一脸苦相。我知道他在想什么。要是我们打电话给他的父母或警察，那这一切就成了事实。可怕的事实。我无法肯定我是否准备好，可以接受马丁失踪这个事实。

"我不知道。"道奇和我一样，也很犹豫，"我们要怎么对他们说？"

我撇撇嘴。有没有法子既能确认马丁是不是回家了，又能不暴露我们找不到他,他有危险这件事?如果他没回家,我不想吓到他的父母,毕竟也有可能是他被困在了什么地方,扭伤或摔断了脚踝,正不耐烦地等我们去找他,而且气我们这么久了还没到。

"别对他们说你是谁。"我提议,"假装你是别人,问问他是不是在家。"

道奇一脸难以置信的表情。"你觉得他们听不出是我?"

"那我来打。"我说,不过我整个人都因为这个主意而变得局促不安起来。"我从没见过他们。"

叫我惊讶的是,道奇竟然大笑起来。这次是发自真心的笑。

"相信我,如果你打电话,他们肯定起疑。从来都没有女孩子打电话给马丁。"

"啊。"我担心地笑笑,"那好吧。"

"好,还是我来打吧。"他叹口气。

他把手机举到耳边,可很快他就紧紧皱起眉头。我看着他把手机拿开,盯着屏幕。"啊,别这样!刚才还有呢!"

"怎么了?"我问。

"没信号了。"

道奇敲了敲屏幕上几个不同的位置,可他的表情没有丝毫改变。

"要不要试试我的?"我问道。我把手伸进衣兜,掏出我的手机。"你用的是哪个电信公司?"我问。

"EE。"

"我用的是沃达丰。我再来看看……没有。"我叹口气,"一格都没有。"

"太奇怪了。"道奇说,"刚才还好好的呢,信号有四个格。也许应该到更高的地方去。"

"更高?"我怀疑地问道。我们已经在最高的位置了。

"我可以爬到树上去。"道奇说,目光瞟向田野后面那排高大的桦树。

我看着他,极力克制不去道明我内心的想法:他这纯粹是死马当活马医。可我没有更好的主意。我们要走多远才能找到人家?现在是不是该回去让达伦交出车钥匙?我可不想和他谈。

"你踩在我腿上爬上去吧。"我说。

我帮道奇爬上最低矮的树杈,跟着,他身手矫健地爬上了那棵最粗壮的树。他站在树中央,用双手试了试更高处的树枝是否结实。在他的压力下,树枝晃动着。

"别爬得太高。"我提醒他,"要是你把脖子摔断了,我们就没希望了。"

他笑了两下,没有继续向高处爬。

"有了吗?"

"没有。啊,有了!我们已发射升空!等等,现在拨通了。"我焦虑且急切地等待着。

"怎么了?"没有回应,"道奇,怎么了?"

"电池没电了。"

尽管这没什么好笑的,我还是大笑起来。

"别开玩笑了。"

"我没有开玩笑。"

"等等。"我又把手伸进衣兜,"接住了!看看我的手机有没有信号。"

我把手机扔到树上,担心地皱起了眉头,好在道奇麻利地伸出手,一下子就接住了。我看着他猛击手机屏幕。

"怎么开机?"他冲树下喊。

"开着呢。"我答,"是不是屏幕锁定了?"

"不是,希瑟,没开机。"

我大惑不解地抬头看着他。一分钟之前,手机还在开机状态。也许是我在扔手机的时候,无意中碰到了电源键,不过至少要按住电源键五秒,才能关机。我告诉他怎么开机,然后等待着。我等了很久。

"不行,开不了。是不是没电了?"

"不可能,电量还剩下一半,至少能用到明天呢。"

"反正就是不能开机了。"

"把手机给我。"我叹口气,非常恼火。

道奇把手机扔下来,我一把接住,用拇指去按电源键,等待着屏幕上出现沃达丰那个红色小标志,却没有如愿。

"有点不对劲。"我低声说。是不是摔坏了？

"我早说过了。"道奇向下喊道。

"我也说不清是怎么回事。"我大声说，好叫他听见，"刚才还好好的呢。"我看了看四周，"是不是那个发电机的缘故？能消耗掉电池的电量？"

"我不知道。"道奇的声音更近了。我抬起头，就见他正顺着树枝向下爬，"看来我们这个周末的运气不怎么样。"

他来到最后一根树杈上，在那儿站了一会儿，判断从那儿到地面的距离。就在他弯曲膝盖，准备跳下来的时候，我听到树干响起一声低沉的爆裂声。紧跟着道奇和那根树杈就一起向地面坠落下来。

"道奇！"我大喊一声，向他跑过去。他趴在地上，断裂的树枝上掉下来的树叶和嫩枝沾了他一身。他用手拨开叶子，虽然他能动，可我知道肯定出了问题。在一片乱七八糟的绿色中，我看到他的脚踝以一个奇怪的角度在他身下扭曲着。他疼得直咧嘴，抱着脚以上的腿部。他呻吟了几声，依旧在试图把树枝从身上弄开。

"你还好吗？"我喘着粗气说。

道奇气鼓鼓地说："我想是的。"我握住他的手，拉他站起来。他刚一尝试将身体的重量放在受伤脚踝上，就疼得直哼哼。"也许不太好。"他修正道。

"脚踝摔断了？"我问。

但愿没有。要是他走不了路，我怎么才能把他弄回到营地和汽车那里？我根本不可能背他走这么远。

"感觉不像断了，可疼得厉害。"他吁出一口气，小心翼翼地迈出右脚。我看到他咬紧了牙关。"我看只是扭伤了。"他哈哈笑了起来，只是他的声音听来有点歇斯底里。

"有什么可笑的？"我问，迷惑地扬起了眉毛，也很不置信。我觉得这会儿最不可能做的事就是笑了。

"我笑的是……事情还能更糟吗？"

我也笑了，不过我需要比以往更用力地活动面部肌肉，才能做出笑这个动作。

"别这么说。"我提醒他。跟着，我叹了口气。"你这次出来过生日可真够乱的。道奇，我们现在该怎么办？"

我们依旧不知道马丁怎么样了，而且道奇现在很可能要进急诊室。

"我不知道。"他小声说，"还是回营地吧。再想办法。达伦必须开车送我们出去。"

对此，我可没有把握。我们离开的时候，达伦脸上的表情很明白：他生气了。根据我的经验，达伦在生气时是什么忙都帮不上的。不过，也许他看到道奇现在这样，会大发善心也说不定。前提是我能带他回到营地。

"你觉得你能走吗？"我问，用怀疑的眼神看着他。他尽量像平时那样站立，可显而易见，只要把身体的重量放在伤脚上，他就疼得厉害。

"我来试试看。"他说。

过程十分缓慢。一开始,道奇试着自己走,可他一次只能迈出巴掌大的距离。他的五官扭曲成一团,使劲儿咬嘴唇,都快咬出血了。就这么走出几百米后,他只得放弃。

"听着,我在这里等着。"他说着就要坐在路旁的草坪上,"你可以走回去,去叫达伦把车开来。"

我的脸色立即变得煞白。我可不愿意在没有道奇的情况下一个人去面对达伦。

"也许我可以背你回去。"我建议道。

道奇扑哧一声笑了。

"你要在这个周末变身成神奇女侠吗?"他问。

"不能,"我承认道,"可是,你可以把手臂搭在我的肩膀上。我来充当你的人肉拐杖。"

这样好了很多。我比道奇矮不少,他只好略微弯着腰往前走,显得很笨拙,好在他用不着把全身的重量都压在快速肿胀的关节上了。对我而言这可是个费力的差事,我用手臂环住他的腰,很快手臂就开始疼,我还用手紧紧抓着他,指关节都发白了。不过我知道只剩下几英里的路了,也许更少。

回到停车场的时候,太阳升到了最高的地方,不过厚厚的云层遮住了太阳。我饿了,又累得筋疲力尽,浑身疼痛。我让道奇靠在沃尔沃的发动机罩上。他弯腰坐在这辆布满泥巴的灰色金属车边上,嘴巴抿成薄薄一条线,额头上闪烁着晶莹的汗珠。

"感觉怎么样?"我问了个愚蠢的问题。

"很疼。"他冲我微微一笑,"我真想脱掉鞋子。感觉好像我的脚要在里面爆炸似的。"

"那可不行。"我建议道,"那样就穿不回去了。"

"不要紧。我只会到车里待着。好啦,现在我们去和可爱的达伦谈谈吧。"

我盯着道奇看了一会儿,想弄清楚他是不是神志错乱了,还是只是在开玩笑。他对我眨眨眼,显得很是机警,所以我觉得应该是后者。

此时天已大亮,我们的东西散布在营地里,尽管此时和昨晚并不一样,可当我踏上柔软下陷的沙滩,一种似曾相识的奇怪感觉却在我心里升起。昨天晚上我们回到漆黑的营地,发现事与愿违,马丁并没有回来,当时我就很不安,不知道为了什么,那种感觉此时又回来了。这会儿,营地里也是那样沉寂,那样空荡,又一次空无一人。

"艾玛?"我喊道。

没人回答。我看向我们的帐篷。我真不愿意走过去找他们。不过道奇已经开始沿崎岖不平的沙滩往前走了,我总不能叫他去吧。于是,我尴尬地轻哼一声,走了过去,步伐沉重而缓慢。

"艾玛?"我又喊了一遍她的名字,依旧盼着她能把脑袋探出帐篷,那样我就用不着打扰他们了。只可惜我没能如愿。

我咚咚地敲敲帐篷,以防他们没听到我的喊声,也好给他们点时间,跟着,我轻手轻脚地拉开拉链。我眯起眼睛小心翼翼地向里看去,准备好随时闭上眼睛。看了一眼后,我就迷惑不解地睁大了眼睛。帐篷和营地里一样,也是空的。

"道奇?"我原地转身。道奇在另一顶帐篷边上;帐篷帘敞着,显然里面没人。"他们不在这里。"

"不在这里,什么意思?"

我站到一边,指指空荡荡的帐篷。

"他们不在这里。"我重复一遍。

"老天!"道奇一瘸一拐地走过来,亲自向帐篷里面看了看。仿佛在一堆衣服、睡袋和洗漱用品之间,我会看不到他们。但事实并非如此。他们真的不见了。

## 14

"你肯定不会认为他们也去找马丁了,对吧?"

"不会。"道奇的声音十分确定。他们还可能去哪里?汽车还在,他们不可能走远。

"你觉得他们是不是只是去到处转转?"

"也许吧。"一听就能听出他不相信这个可能。

我用手指甲敲着我所坐的折叠椅的塑料扶手。敲打声尖锐,不连贯,折磨着我的神经,却好过一动不动地坐在那里,什么都不做。我发现光是坐在椅子上是一件非常难的事。

整件事太叫人泄气了。我想要开车出去,报警说马丁失踪了。我想把道奇送到医院,给他的脚踝照X光,看看肿胀的部位是否有骨折。他把脚搭在另一把椅子上,在冷藏箱底部摸索一番,找出了最后一点冰碴,放在毛巾里,裹在关节上,不过他听从了我的建议,没有脱掉鞋子。他没有喊出来,可我知道他这样很疼。

但我最想做的事就是找到艾玛,拧断她的脖子!她怎么这么不替别人着想?我对达伦没什么期待,但没想到艾玛也是这么不顾别人。他们甚至都没有等着看我们是不是联系上了马丁!

"我去穿件外套。"我说着站起来。我其实并不冷,只是想找个借口走动走动,找点事做。我走进帐篷,在背包里翻找我那件拉链上衣,这时候,一团皱巴巴的纸滚到了地上。那张纸刚才被卡在帐篷帘下面,所以我没注意到。好奇之下,我把它拿起来。打开后,艾玛那潦草的字迹出现在眼前。

去找柴火。估计海滩附近有个小海湾。一个小时后返回。艾玛。

我噘起嘴,盯着纸条。字条解释不了他们不见的原因,也不是他们对马丁漠不关心的借口。艾玛竟然和达伦站在一边,我依旧不能原谅她。但至少我们知道他们去了什么地方。

"我找到了一张字条。"我从帐篷里出来喊道,一只手握着外套,另一只手拿着字条,"他们去小海湾找木柴去了。"

道奇眯起眼睛,我知道他和我一样,还在生气。

"纸条上说他们一个小时后回来。"我说着把字条交给他,"不过不知道他们是什么时候走的。应该没走多久。"看到道奇愁眉苦脸,一脸的不满,我说不下去了。

"太荒谬了!我们不能在这里干等着——我们得为马丁做点什

么。"他看着我,"再看看你的手机怎么样了。"

这可不是什么好法子。就算手机能开机,这里也没信号。然而,我还是按他说的做了,拿出手机,用力按下电源键。没反应。

"还是不行。"

他沮丧地低吼一声。

我若有所思地注视着他。我们是不是非要等达伦回来?

"你能开车吗?"我问。现在问这个问题,可跟以前不一样了:我无法肯定在踩油门的时候,他的脚踝能否撑得住。

他蹙起眉。"不知道。也许能行。"他把腿从椅子上拿下来,踩在沙滩上,立刻疼得龇牙咧嘴。"也许不行。"他坦白说,"你会开车吗?"

不会。我没学过开车,甚至都没把我父母的车从车道上倒出来过。那辆沃尔沃汽车就跟艘船似的,一想到要开着它穿过那条陡峭狭窄、坑坑洼洼的公路,到人多的地方,我就特别害怕。达伦发现我开走车子后的反应更可怕。就算他狠揍我的脸,我也不会意外!但是,道奇怀着希望看着我。我站在沙滩上,双脚来回倒换,心里很不安。

"我不知道……"

"我会帮你的。"他说。他一把抓住我的手,用暖暖的手掌包住我冰凉的手指。"快点,希瑟。我们到现在也不知道马丁在什么地方。"

我无法拒绝。"那就试试看吧。"我喃喃地说。

道奇告诉过我达伦把车钥匙放在了哪里，谢天谢地，他没有怄气地把钥匙带在身上，我扶着道奇一瘸一拐地走回到汽车边上。他小心翼翼地俯身钻进乘客座，我则打开驾驶座的门。我甚至都够不到油门，只好向前猛地拉动座椅，还弄出了一声尖锐的嘎嘎声。

"好了。"我说，"我该做些什么？"

"首先，把钥匙插进点火装置。"道奇笑着对我说。我可没笑，我都紧张死了。我哆哆嗦嗦地把钥匙插进钥匙孔。

我转动钥匙。没反应。钥匙转不动，可以说是纹丝不动。我更用力地转动，却担心会把钥匙弄断。

"怎么了？"道奇问。

"转不动。"我抱怨道。

"用力点。"

"我用力了。"

道奇叹口气，把手伸过来。我向后靠，一脸不悦地看他去试。他也没有成功，我的满脸怒容变成了自鸣得意。

"等等，上着方向盘锁呢。"他轻轻摇晃方向盘，又去转动钥匙。这次钥匙可以转动了，引擎却依然没反应。连一点声音都没有。车道上的情形重现了：只有一连串难以尽如人意的嗒嗒声响起。

"垃圾！"道奇爆发了。他猛砸方向盘的中央，喇叭声随之响起。"电池又没电了。"

我什么都没说,我早就知道是这么回事了。

道奇耷着双肩,上半身横在我身上,依旧死死抓着方向盘,仿佛他可以用意志力启动这辆车。

"现在怎么办?"整整一分钟的沉默后,我问道。

他恼怒地叹口气。

"等达伦和艾玛回来。"过了一会儿,他说,"我们必须回到公路上去,而且不能让你一直搀着我过去。除非你自己去一趟?"他看着我,我马上摇摇头。

我们又慢慢地回到了依旧荒凉的沙滩上。为了找点事做,我们做了午饭。我们两个都没吃早饭,这会儿,我觉得很恶心,不过很难说清这是因为我担心马丁,还是太饿了的缘故。我强迫自己去吃,每次塞得满口都是食物。

我们吃完了,他们还是没回来。没有更好的事可做,于是我们坐下来,望着不断流动的海水。我们没有说话。责备达伦和艾玛,猜测马丁在什么地方,根本于事无补,只会加深愤怒和恐惧。过了一会儿,我从衣兜里拿出胸针,抚摸起来,用手指沿着弯曲的边缘游走,用指尖摩挲着上面的花纹。跟之前一样,这块金属依然触手冰凉,虽然一整个早晨,它都贴着我的身体。

又过了一会儿,我才意识到道奇在盯着我,盯着胸针。

"我想把它还回去。"我轻轻地说,"我总感觉我们不该把它拿走。它不属于我们,而且它可能对别人来说很重要。他们出于某种原因把它放在了那里,所以它就该待在那里。"

道奇没回答,我转头注视他。他的表情很令人费解。

"怎么样?"我问。

"随你喜欢。"他淡淡地说。

我尽量不让眉毛皱在一起,可我不喜欢他这样的反应。我噘起嘴,感觉应该再解释解释。

"我只是……我只是感觉这东西不祥。看看自打我们找到这该死的东西之后,发生的事情吧。"道奇蹙起眉头,我匆忙继续解释,"我是说,他们大吵了一架,马丁气着离开,那之后便失踪了。然后,手机出了问题,你的脚踝——"我指指他肿胀的腿,"现在车子也启动不了,艾玛和达伦不在营地,而他们早就该回来了。"

道奇笑了起来。

"达伦和艾玛不会有事的。"他说,划掉了我的清单中的最后一项,"至于其他的……马丁从一开始就不愿意让达伦来——"(我对此并不惊讶,但让我有点不高兴的是,他从没亲口告诉我他的想法。)"——而且,不管达伦怎么说,那辆该死的沃尔沃汽车都是一堆靠不住的烂铁。"

"我知道,但我还是希望能把它送回去。总感觉……总感觉拿走它很奇怪。我不喜欢它。"

"我现在不适合长途跋涉。"道奇说,"再说当务之急是找到马丁——"他突然住了口,仔细地看着我的脸,"可如果你不想要它的话——"

我还没弄明白他想干什么,他就从我手里拿走了胸针。他在椅子上坐直身体,向后扬起手臂,把那个小小的圆环扔到了空中。它在乌云密布的空中划出一道弧线,跟着,落在距离岸边几米远的海里,在波涛汹涌的浪涛中溅起一片水花。我目瞪口呆地望着大海,随即把目光落在他身上。我不希望这样,我真的不希望这样。

"解决了。"他严肃地看着我说。

"道奇!"

我对那枚胸针怀有的忐忑感觉一下子升到了极点。现在根本不可能把它找回来了。我只知道它坠落的大概位置,只是海浪不断运动,肯定把它冲到了别处,更何况大海那么黑暗阴沉,凶险无比。

这会儿,我感觉自己比盗贼更可恶。我是一个蓄意破坏者,不尊重别人的东西。我是……我是……我不知道该用什么词来形容。我感觉五脏六腑翻搅着。

但我不愿意和道奇吵架,毕竟现在发生了这么多事儿,于是我把气话都咽了回去,任其灼烧我的心。

"我想去找艾玛和达伦。"我说着突然站起来。

我还没说完,他就开始摇头。

"我的脚踝——"

"我知道。"我打断了他的话,"你留在这里,我一个人去。这样我们才不会和他们走岔。"我还可以走开一会儿,平息我的怒火。毕竟那只是一枚胸针而已,不可能有个声音在我的脑海里轻声告诉我,这样公然地把它丢掉,是非常非常坏的行为。

"你要一个人去?"道奇不置信地问,"希瑟,你压根儿就不知道那个海湾在什么地方。"

"那个——"他说得很对。我一边没有必要地把没粘上一粒沙子的手在牛仔裤上蹭蹭,一边琢磨着该怎么反驳他,"不就是一片海滩吗?"这其实不是一个问题,不过道奇还是点点头。"我可以沿着海岸线走。"

"也许吧。"他瞧着我,并不信我,"如果你迷路了,怎么办?"

"我不会有事的。我只是……我只是不能继续在这里干坐着。"

我没有给他机会继续和我争论。我转身向帐篷走去,去换双更轻便的鞋子,又穿上一件衣服。天空中都是乌云,海滩上的温度在降低;海湾那里更冷——潮水距离太远,冲不到海岸线拐弯处的岩石。

道奇看着我离开,表情很不悦。我估计他很担心,要是我也一去不回,他被困在沙滩上,一个人走不出去,到时候不知道会发生什么事。不过我不会走远的。况且他的父母知道我们在什么地方,他们一定会来找我们的。

一想到这个,我就打起了精神。我们应该在三天后返回,食物足够我们撑到那个时候。就算我们开不了达伦的汽车,就算道奇走不回文明世界,他父亲也会来救我们的。

现在唯一的问题就是马丁。要让我一连三天都担心他的安危,那我还不如死掉算了。我满心盼着他已经回家去了,向他的父母和我们其余的朋友说我们的坏话。我希望我还有机会为了他的不辞而别把他"掐死"。

我沿陡峭的山坡走出不远,就来到了那片在陆地边缘起伏的低矮悬崖。小路上的泥土都已被踩实,布满了松散的碎石,被我的鞋底一踩,就会滚开。走到某些地方,我必须拉住长长的草,才能稳住身体。山顶的景致可谓美轮美奂。大海铺陈在我面前,波浪起伏的海水一直延伸到地平线,我看到远处有一艘船。我身后是长满了欧石楠的山丘,但我并没有回头望。我知道那座石冢就在那儿,如同位于这片区域里的一座灯塔;我想象着它在默默地指责我。

我沿一条羊肠小径继续往前走,脚下的路充其量只能算是被踩倒的草丛而已。据道奇说,肯定走不了多远就能到那个海湾。他觉得,根据他父亲的描述,顶多需要走十分钟。但愿如此,因为这会儿天越来越黑了。我知道,要过好几个钟头,夜幕才会降临,可天色黯淡,叫人心生胆怯。整个世界因此显得有点模糊,有点看得不那么分明。我不喜欢这样。奇怪的形状不断地出现在我的眼角余光里,让我惊惧不已,可到最后,我才发现那只不过是树枝在摇晃,或是鸟儿冲向天空。

"艾玛,我一定要让你好看。"我一边走,一边嘟囔着。听到有人说话,我就觉得不那么孤独了,即便说话的人是我自己。

我不知道,等到这次旅行结束后,我们几个人的友谊还能维持多久。这之后,马丁绝对不会愿意出现在有达伦的地方,这其实没什么大不了,可达伦去什么地方,艾玛就去什么地方。老实说,我也不愿意和艾玛相处了。达伦似乎从她身上挖掘出了讨人厌的品质:虚荣,自私,假装弱不禁风,好让男孩子来讨好她。我想象着她那卖弄风情的笑,觉得很不舒服。我感觉自己很坏,可我还是模仿她的笑声,然后,在听到皮笑肉不笑的回音的时候,我又咯咯笑了起来。突然,另一个声音传来。一个让我寒毛直竖的声音。

我听到艾玛在尖叫。

## 15

### 现 在

"你说艾玛在尖叫。这是你的原话。你还记得你告诉过警方这个吗,希瑟?你说你从小路上听到了她的叫声?"

我没搭理他,只是盯着时钟,看着分针向前移动。三分钟。我自鸣得意地朝自己笑笑。又过了一个小时,彼得森医生又一次只从我嘴里挖到了只言片语。我注意到他也看了一眼墙上的时钟。他一准儿会生气,所以我会更开心。这世上所有的资质证书都不能掩盖一个事实:无论如何,他都在我这里取得不了任何进展。

不管他说了什么,不管他怎么觉得,赢家都是我。

我在座位上动了动,准备站起来。准备穿过豪华走廊,走一段漫长的路，回到铺有光鲜亮丽漆布地板和有光秃白墙的病房，家属和来访的达官显贵永远都不可能看到那里，因为那里是这座医院的深处，是彼得森个人的小小帝国。守卫在我身后轻轻咳嗽一声，我知道他是在提醒我：他一直都在。如果我有什么突然的举动，比如像以前那样，向前冲过去，撞在彼得森医生的身上（我要说，我干得挺成功），他一定会阻止我。至少他认为他能阻止我。我可不这么肯定。不过他是个大块头，而且很年轻。

这不要紧，反正我今天没打算攻击彼得森医生。我只是准备离开。回到我那毫无生命的生活中，盯着墙壁和电视，盯着其他"病人"，而他们是真正的神经病。我总是盯着看。我现在就是这么盯着彼得森医生，等他放弃说服我这个微乎其微的可能性，把我打发走。

他不再看时钟，目光又回到我身上。我注意到，就在他发现我看他的方式有所变化的时候——不再是彻头彻尾的鄙视和厌恶，而是期待得到解脱——他的嘴角抽搐了一下，不过我还没看清楚这个表情下的情绪，他就换上了其他表情。

"怎么了，希瑟？"他冷静地问我。

太冷静了。我的大脑接收到了他的奇怪语调，太友好了，太自命不凡了，但我一心只想离开这个办公室，并没有引起重视。而且，我开口了。他一向严谨地遵守时间表，所以，他现在什么都做不了。

"时间到了。"我说。语气单调。这是另一件我常做的事。

"啊，我知道。"他依旧很冷静。依旧沾沾自喜。我是不是漏掉了什么?"希瑟,今天我为你安排了双倍时间。我觉得我和你需要重新开始,毕竟今天正好是那件事的一周年……"

他的话逐渐消失了。我的耳畔嗡嗡作响,令人震惊的回响在我的脑袋周围震颤着。两个小时。不是一个小时。我不由得感到一阵眩晕。

太难了。我坐在这里,假装我一点也不在乎,可这太难了。我当然在乎。不是在乎彼得森,而是马丁,艾玛,道奇。我甚至也很在乎达伦。不谈到这件事,将它吞回去,隐藏在内心深处,一点帮助也没有。我拥有一个坚硬的外壳:冷漠,不流露丝毫感情,以冰冷的面孔示人。可我的内心在燃烧,在我自己的炼狱中忍受水深火热的痛苦。而且,他很清楚这一点。混蛋彼得森都知道,除非一点点地掏出我心里所有的秘密,否则他绝不会罢休。

恨意在我的身体里涌动着,我紧紧揪着它不放,用它来支撑我自己,直到我能再次感觉到脚下的地。直到我能感觉到我可以从表面上再次控制我自己。不过,这一切都太脆弱了。和蔑视不一样,愤怒一波波袭来,等它退去的时候,正是我脆弱的时刻。

我深吸一口气,强迫我自己直视彼得森医生。

老天,我恨死你了。但你绝不可能打倒我。

"很好。"我咬牙切齿地说。

他对我笑笑;这是他另一个可恶的地方。怒火燃烧得更炽热了。我今天的表现很不好。兴许就是因为是今天的缘故,那件事已经发生一年了,是的,在他好心提醒我之前,我就已经注意到这一点了。

"你不喜欢达伦,对吧,希瑟?"

他并不是个讨人喜欢的人。我没有点头,也没有说话,只是瞪着他,等待他出招。他看出这一点,便开始拖延,喝了口他那昂贵的汽水。他拧开瓶盖时传出的嘶嘶声异常恰如其分:就跟蛇在吐信一样,而他就是那条蛇。

"你嫉妒他。因为他抢走了你的朋友。对吧?"

我充满鄙视地扬起一边眉毛。彼得森医生向后仰了一点点,我甚至还可以挤出一点点微笑。

不,我才不嫉妒达伦。不过现在或许有一点,毕竟他起码不用坐在这里,听这些废话。

"你想知道我是怎么想的吗,希瑟?"不想,不过彼得森其实不是在提问,"我觉得你想铲除掉达伦。我觉得他产生了怀疑,因此成了扎在你手心里的一根刺。解决掉他,比解决马丁容易吧?"

我别开脸。我没有看地板,那样会传达出错误的信息。我又看向墙壁上那些镶在精美玻璃框里的证书。愚蠢的彼得森医生,它们也可以被用来做武器呀。我试着用我讽刺幽默的想法来压制我的怒火,但我无法没过他的声音。"毕竟没有了达伦,艾玛可能会回到你身边。是这样吗,希瑟?"

我压下如潮水般涌来的忧伤:艾玛不会回来了,再也不会回来了。

我不愿回想这件事。我不会去想这件事。我咬紧牙关,利用一波波怒气当盔甲。可惜它保护不了我的心,而那是彼得森医生最感兴趣的地方。恐慌感笼罩着我,我几乎要从椅子上摔下来。我控制不了我自己,我镇定不下来,我希望赶快离开这里,以免做出什么蠢事,比如让他探寻我的内心。

"我想去厕所。"我说。

这个策略太小儿科了,可我视之为救命稻草。我央求地望着他,此时此刻,我对自己的恨,超过了对他的恨意。求你了,求你了,你已经让我尝尽了苦头,就答应我这个请求吧。

他摇摇头。

"我们还没谈完,希瑟。"

"我必须去。"我坚持,"我的生理期到了。"

这纯属谎言。他一边琢磨着我的请求,一边低头看我的档案,我很想知道那里面是不是记录有真正的生理期时间。他们做的记录非常细致,我吃了哪些药,没吃哪些药;我的体重,身高,指甲的长度;我的情绪;我吃了什么,吃了多少。就算他们记录了我的月经周期,我也不会惊讶。

彼得森医生得到博士头衔的那所白痴大学肯定教过他们该战略性地表现出仁慈,因为他这会儿轻轻地点了点头,表示默许。我站起来,想着我就要离开这里了,守卫却领我走到左边一扇不起眼的门边。他打开门,里面是个小房间,只有一平米见方,有一个极小的圆形水槽。水槽那边还有一扇门,半开着,可以看到银白色的陶瓷马桶。看来是逃不掉了,不过至少可以暂时躲开一会儿。彼得森先生没有揭穿我的谎言,因为他没有问我需不需要卫生巾或类似的东西。

守卫就站在我身后,我不自在地瞥了他一眼,他当然不会是要和我一起进去吧?好在他站在那个有水槽的房间里不动了,让我一个人走进里面的小隔间。

里面有面镜子,镜子竟然在厕所里,却不在水槽边。我也不知道这是为什么——彼得森医生让他的病人来这里自省吗?我看到镜中的自己在望着我,有那么一刹那,我看到了一个东西。黝黑、邪恶、恐怖,如同一个致命的光环,在我头顶上方盘旋不去。我吓了一大跳,不由自主地大叫起来,但我及时堵住了嘴,以免我的叫声传出这个幽闭恐怖的空间。我眨眨眼,那个东西消失了。我的心却依然在狂跳。

我瘫坐在马桶盖上,用手捂住脸,集中精神,恢复正常的呼吸。我知道彼得森医生绝不会有那个耐心,让我在这里度过其余的"辅导"时间;最多还有五分钟,然后,我就不得不再次面对他。到了那个时候,冷静下来非常重要。

吸气。呼气。吸气。呼吸。我数着自己的呼吸。渐渐地放缓呼吸。要驯服我的脉搏就困难多了。它飞速穿过我的血管,尖叫不止。

有人轻轻敲了敲门。在召唤我了。我站起来,吸吸鼻子,吞了口口水。为了假装到底,我冲了马桶。然后,我抚平衣服,打开门。地方太窄了,我艰难地从守卫身边挤过,去使用水槽。我慢慢悠悠地洗了手,还用了昂贵的给皂器,按下之后,它流出了一点泛着珍珠光泽的洗手液，散发出橙子香气。我假装并没有因为站在我身后一英寸处的那个人猿泰山而紧张，慢慢地把洗手液涂在手上，冲洗我那只好手。很快，门开了，彼得森坐在办公桌后面对我愉快地微笑着。

我坐回椅子上的时候，皮革尚有余温。它本来应该很舒服，事实上却让我如坐针毡。

"说到哪里了？"彼得森问道。

我努力装出一副闲适的样子，扫了房间一眼，目光从钟表上面飘过。还有四十分钟。我可以撑过四十分钟。

"艾玛。"他耀武扬威地说出她的名字，仿佛他是真的忘了我们说到了哪里，仿佛刚才我躲进厕所的时候，他没有坐在那里策划使出这一招。"你很不赞成她和达伦在一起，对吧？事实上——"他翻了翻他面前几张写满字迹的纸，"你很瞧不起这段关系。你说过，自打他们认识以来，她就变傻、变浅薄了。你不止一次说她令人讨厌。你还记得你这么说过她吗，希瑟？"他停顿一下，"你觉得你比她强？"

是的。

不是，也许吧。

不是。

不过我曾经没有相信她。

正如我气我的父母、警察、彼得森医生以及所有不愿听我讲话的人一样，我曾经没有相信她。

# 16

## 曾 经

艾玛的叫声响彻天际。我霎时间忘记了呼吸,愣在当场,如同雕塑般,站在那儿,听着那声音响彻水面和群山,最后归于沉静。刚刚松了半口气,艾玛又叫了一声。

这一次我飞快地向着叫声冲了过去,跌跌撞撞地穿行于丛生的杂草和大块卵石之间,双脚在崎岖不平的地面上寻找落脚点。我不知道我在向什么地方跑,我只知道我必须循着在我耳畔响起的声音而去。

过了一会儿,正如尖叫声突然响起一样,它忽然停止了。我停下,瞪大眼睛向四周张望。我依旧在崖顶那条狭窄的小路上,大海在我右边轰隆地拍打着岩石。这会儿的天色比五分钟前黑了一些,不过我知道尚未到夜幕降临的时候。我抬头看了看云,只见厚重的乌云布满了天空。冰冷的细雨降下,如同给大地罩上了一张羽毛般轻盈的帷幔,就跟起雾了一样。水珠落在我的睫毛上,我只能看到我周围几米的范围内。我小心翼翼地再次向前走去。

"艾玛?"我喊道。

我的声音在我耳边回响,却没听到艾玛的声音。我又喊了一次。

"艾玛?你在哪里?"

依旧没有回应。我继续往前走,大约一分钟后,我来到了这条路的岔口。一个岔口连接的路沿海岸延伸出去,另一个岔口向右,我只能看到它向大海的方向延伸,是个下坡,因为蒙蒙细雨的缘故,再往后便看不清楚了。估计从这里走就能到小海湾。

我把双手握成拳头,阻止我的手继续颤抖,然后,沿着第二个岔口走去。小路坑洼不平,已经开始打滑。我的鞋子找不到任何抓力,我滑了一跤,顺着坡滑了下去。大海拍击海岸的声音越来越大,过了一会儿,我的脚下不再是夯实的土路,而是出现了很多小石头,在我的体重之下,它们噼里啪啦地碰撞在一起。我到了小海湾。

我向四周张望。这里的雨大了点,仿佛雨滴不光是从天而降,就连海水也化作雨滴,降落下来。峭壁是黑的,被石灰腐蚀的地方留下了白色条痕。海边少有沙子,布满了很多鹅卵石,还散布着海藻与浮木。道奇的父亲说得对:这是个找柴火的好地方。只是我并没有看到我的两个朋友。

"艾玛？"我又喊道，跟着，我压低声音叫了声，"达伦？"

他们都没有回话，却有一只鸟在我头顶上方愤怒地嘎嘎乱叫。我不安地将身体的重量从一只脚倒换到另一只脚。即便穿着外套，我依然感觉很冷，这个地方弥漫着诡异感，仿佛有无数双眼睛从岩壁上细小的裂缝里注视着我。我情不自禁地向后退了半步，我的双脚响应了我的身体想要离开这里的渴望，我强迫自己站住不动，以免我会拔腿就跑。

达伦和艾玛在什么地方？

我逼自己往前走。我的前面布满了石头，石块的撞击声让我屏住呼吸。我又一次评估周围的环境，这次更彻底了。这里是一个小海湾，四周是高耸的峭壁，有很多地方可以供两个人藏起来。

"艾玛，这一点都不好玩！"我大声说。如果他们只是想恶作剧的话……

不过我知道他们不是。愚蠢的艾玛经常尖叫：当她没有达到目的，当她想要男孩子或是任何人注意她的时候，当一只蜘蛛出现的时候。可我从未听过她像现在这样叫。她的叫声中充满了毫不掺假的恐惧。

就在我快走到水边的时候，有动静响起。我停住脚步，把头扭向一边，努力辨别方向，弄清楚是什么弄出了那个动静。声响并不是连续不断的，而是时断时续，毫无规则可言，还很模糊。经过了漫长的几秒钟之后，我终于意识到我听到的是什么了。

"艾玛?"我向着声音的方向冲去,眼睛盯着远处悬崖边上一块位于卵石之间的大岩石。

我越是走近,呜咽声就越大,到最后,我肯定她就在那后面。然而,当我绕到岩石后面,却还是惊讶地停住了脚步。

艾玛蜷缩着坐在地上,后背挤在那块岩石的一角。她双臂抱怀,护着胸口,双手捂着嘴,两只脚不停地蹬踹,希望能继续向后退,可实际上她已无路可退。

"艾玛!"她没有反应。她的眼睛没有焦距,虽然看着我的方向,却没有看见我。"艾玛!"我走到她面前,跪在她身边。我握住她的肩膀,她却依然没有注意到我。我只好用力地摇晃她,终于引起了她的注意。她瞪大眼睛,惊恐地盯着我。

"希瑟!"她的手指如同爪子一样,深深掐进我的锁骨,弄得我生疼。

"艾玛,达伦呢?"

她晃晃脑袋,嘴巴张张合合,却说不出话。

"艾玛。"我把她向前一拉,让她猛地靠在石壁上,希望这一震,能将她拉回到现实中。"达伦去哪儿了?"

"消失了。"她小声说。她的眼神十分狂野。

"消失了?"我不由得皱起眉头,"消失了?什么意思?"跟着,我忽然想到一个可能。"艾玛,他是不是下水了?"没反应。"他是不是在海里,艾玛?"我冲着她的脸大吼道。她没有回答,只是号啕大哭起来。

我这会儿认定达伦——蠢货达伦——肯定是为了炫耀,就去了不断拍击岩石的大海里,我猛地转过身,仔细看惊涛骇浪。我寻找着他早些时候穿在身上的橙色T恤衫。老天,他可能在任何地方!要是他的脑袋撞上岩石……要是他游出去太远……海水那么冷,他很可能失去意识,面朝下漂到某个地方。

我向前迈出半步,依旧不肯定我该怎么做。一个冰凉的东西缠住了我的手腕,如同触手一样握得紧紧的。

"别丢下我!"艾玛气喘吁吁地说。

她走上前来抓住我,可当我转过身,她又拉我和她一起慌忙向后退。

"艾玛——"

"别丢下我。"她又说了一遍。

我冲她摇摇头,沮丧极了。

"我们得去帮达伦。"我说,"他是在什么地方下水的?快想想,艾玛!"我厉声喝道,而她又开始哆嗦,目光也迷茫起来。

"别过去。"她含糊不清着说,又用手遮住脸。

"什么?"我的声音很尖锐。

"不要到水里去,希瑟。不要,不要到水里去——"她说不下去了,又哽咽起来。

我咬紧牙关。我最初感觉到的恐惧飞快地减弱。艾玛没事了。

可达伦……我现在越来越担心他。

"艾玛!"我又抓住她的T恤衫,迫使她看着我,"达伦在哪里?"

她用疯狂的目光盯着四周,接着扫过天空,随即直勾勾地看着我。

"消失了。"

"出什么事了?"一看到我们的轮廓在天际线的映衬下出现,道奇便蹒跚地从沙滩那边走了过来。我们的样子肯定很古怪,我们抱在一起,我支撑着艾玛的全部体重,她用手臂搂着我的脖子,紧到我都要窒息了。别看她小巧玲珑的,却比道奇要重上两倍。她并没有受伤,只是拒绝自己走路而已。所以,要么是搀扶她走,要么就得丢下她。我考虑了一分钟,便把她拉了起来。

"快来帮忙。"我喘着粗气说,我东倒西歪地走到他身边,暂时忘了他扭伤了脚踝。

"她这是怎么了?"他问。我说不出话,只是俯下身,抓住膝盖,"艾玛?艾玛,你还好吗?"

艾玛也没有回答,只是扑进他怀里。我怀疑地看着她——这倒是挺像她平时的所作所为,不过她浑身都在颤抖,依旧抽噎着。道奇的视线越过她的肩膀,落在我身上,彻底蒙了。

"达伦呢?"他问我。

我耸耸肩,一脸苦相,表示我很抱歉。

"我不知道,她不肯说。她只是不停地告诉我'他消失了'。"我的呼吸总算恢复了正常,双腿却火烧火燎地疼,后背也很痛。

"消失了,什么意思?"道奇问道。

"消失了。"我听到艾玛把脸贴着他的外套,喃喃地说。

"对不起,道奇。她只对我说了这么一句话。"我烦躁不安地用手捋捋头发,"她彻底崩溃了。"

艾玛把脸埋在道奇的下巴下面,他只好尴尬地点点头,冲我一笑,眼睛里却流露出担心的神情。先是他最好的朋友,现在是达伦。这到底是怎么了?

"帮我把她扶到营地去吧。"他说。

我们一起,半拖半抬地把艾玛弄到了篝火边上,火焰闪烁着宜人的光芒,对我有无限的吸引力,我真感激道奇用最后一点浮木点了火。火光不仅驱散了渐浓的黑暗,还给了我急需的温暖。我几乎和艾玛一样剧烈地颤抖着,寒意已深入我的骨髓。

道奇的脚踝肿得老高,却还是支撑了大部分艾玛的重量,道奇尝试领着她坐到折叠椅上。他轻轻把她放下,可她甚至都没办法坐住,像个布娃娃一样滑下去,瘫坐在沙滩上。道奇叹口气,伸手就要去扶她,可我阻止了他。

"就让她在那里待着吧。"我说,"她很冷。"

"好的,不过——"

"别管她了。"

艾玛没有抬头,没有对我们做出反应,只是注视着火焰,轻轻摇晃着。

"到底出了什么事?"道奇又问。

我没有他想要的答案。只有艾玛能回答,只可惜她说不出话来。我低头盯着她,看着她揉搓她的手臂,她距离火很近,皮肤都烤成了粉红色。

"我去给她拿件外套。"我咕哝着说。

我走进影影绰绰的帐篷,跪在地上。气垫这会儿已经瘪了,我的膝盖跪在地上,感觉很疼。我不去理会这份不适,只是用力咬着嘴唇,翻找艾玛的背包。泪水模糊了我的眼睛,我不想要道奇看到这样的我。

艾玛一点反应都没有。她吓傻了,这肯定和达伦的失踪有关。我甚至都无法让她确定他是不是到海里去了。我曾环视整个海面,试着去水边找他,可她突然发作,死命把我从水边拉走。我已经尽了全力,每分每秒都在摆脱艾玛的钳制,到了最后,我只好放弃搜索,带她离开那里。

我很害怕。达伦不见了,马丁依旧不知所踪,我们没有办法离开海滩。沃尔沃汽车发动不了,道奇根本不可能走到大路上去,天知道那是多少英里,艾玛也不行。恐慌卡在我的喉咙里,但我深吸一口气,把它咽了下去。我的手指触摸到了艾玛那件毛茸茸又温暖的粉红色羊毛衫,把它拉出来,贴在胸口。羊毛衫散发出她的香水味,这股熟悉的香气让我的大脑变得清楚了一点。

我用力蹭了两下脸,以免他们看出我哭过,我站起来,跌跌撞撞地向代表着安全的火堆走去。

"她好点了吗?"我在走近时问。

艾玛依旧蹲坐在地上,道奇坐在那儿看着她,焦虑之情溢于言表。他冲我摇摇头,猛地眨了两下眼。我转开脸。

"艾玛?"我蹲下,好与她平视,把羊毛衫递给她。她不再摇晃身体,虽然她的脸依旧惨白,至少不再号啕大哭了。"穿上。"我命令道。

她按照我说的办了,顺从地把胳膊伸进羊毛衫,连同脖领处的扣子在内,系上了所有扣子,只是依然目不转睛地盯着明亮的火焰中心。

"我们该怎么办?"道奇问,他的声音里透着紧张。我没理他,将全副注意力都放在艾玛身上。

"艾玛。"我伸出手,握住她的一只手,用力把它摊平,"艾玛,看着我。"

她照做了,不过我不知道她到底有没有看到我。

"艾玛,达伦在什么地方?"

她的脸立即变得扭曲起来,泪水随即夺眶而出。她猛地开始摇头,动作越来越快,几近失控。我伸出另一只手抓住她的下巴。或许我一上来应该问些容易接受的问题。

"你们两个去找柴火了?"

她点点头。

"到小海湾那里去了?"

她又点点头。

"你们吵架了?"

她摇了摇头。没有。

"那达伦是不是去了什么地方?一个人去的?"

她又摇摇头。

我瞧着她,琢磨着可能发生了什么事,不解地皱起了眉头。难道是我没看到他?

"艾玛,达伦是不是还在海湾里?"

她在回答前停顿了一下,我的心一凛——我们把他丢在那里了?我并不愿意摸黑回去。她缓缓地摇摇头,我见状松了口气。又是一个否定的答案。

我不知道还能问什么。

"艾玛,达伦去什么地方了?"

"消失了。"她重复道,她又哭了,说出来的话都失真了。

"那他去哪里了,嗯?"我尽可能轻声道,可我太泄气了,表现出来的冷静很快就要变得粉碎。我们一直在绕圈子。

"那里还有别人吗,艾玛?"

我吓了一大跳。我几乎都忘了道奇还在一旁,默默地看着我们。我转过头,恰好看到艾玛点点头。什么?

"是谁?"我问,不过我的语气太尖厉太急切了。她又缩成一团,我却没有注意到她的这个动作,反而问了她更多的问题。"你看到那个人了吗?是个男人吗?长什么样子?"

"不是人。"艾玛嘟囔着说。

"不是人?什么意思呀?艾玛,好好说话!他们是上年纪的,还是年轻的?你认识他们吗?你看到他们往什么方向去了吗?"

"不是人。"她又说,这次声音更轻了,"不是人。"

## 17

"她神志不清了。"我叹口气,把脸孔埋进手里。

"也许是。"道奇在我身边轻声说。

"也许?"我扭头注视着他,"她觉得有个深海怪物把他吞掉了!"

艾玛就是这么说的。她一边抽抽搭搭掉眼泪,一边告诉我们,小海湾的空气突然变得凝滞,海水变得平滑无比。她停下脚步,正费力地把湿漉漉的线状海藻从一根断木头上弄下来,这时候,她转过身,正好看到一大团黑色东西从水里一跃而起。那东西没有手,却还是抓住了达伦,快而猛地把他从海岸边拉走,仿佛他几乎没有重量,跟着便和他一起消失在了大海里。

"她真是疯了。"我小声地又说了一遍。

道奇听到了我的话，却没有反应。

艾玛在男生帐篷里睡着了，道奇从马丁的背包里找出了两片抗组织胺药，给她服下去，这才让她进入了梦乡。我整个人都处在极度紧张中，甚至都想不起要去睡觉。紧张打成了一个结，卡在我的喉咙里，我的膝盖急速抖动着，左脚不由自主地伸进沙子里。篝火烧得正旺，我不愿意没人看着火。我也不愿意按照道奇建议的那样，铲起潮湿的沙子，草草将火扑灭。我这辈子第一次怕起了黑。

我回头看着道奇，突然注意到他的头发湿了，在火光下微微闪着光。他身上的衣服也换了。我蹙起眉头，不知道他是怎么回事。

"你下海了？"我问。

"是的。"

"去游泳了？"一个人拖着伤脚去的？

"不是有意要去的。"他动动嘴角，不好意思地做了个怪相，"我觉得到冷水里泡一泡，对我的脚踝有好处，可以消肿。可我失去了平衡，把身上都弄湿了。衣服什么的都湿了。"

"你还好吗？"我问，向前探身，更加仔细地看着他，"你的脚踝……是不是更严重了？"

"摔倒的时候有点疼，不过我没事。只是变成了落汤鸡。"

我们陷入了沉默，然而，我无法忍受太长时间的静默。

"几点了？"我问。

道奇把手表一歪，好借着火光看时间。

"十二点刚过。"

我轻笑一声。"生日快乐。"

过了一会儿,道奇也哈哈笑了起来。笑声只持续了一会儿,并没有打破压抑的氛围。我叹口气。

"道奇,我们现在该怎么办?"

又是一阵沉默。

"我不知道。"

"你觉得……你觉得达伦是怎么了?"

我认真看着他。在对待达伦失踪这事儿上,他做得相当好,比面对马丁失踪的时候强很多。不能用解释马丁失踪的那套理论来解释达伦的失踪之谜。他没有理由离开,没有人刺激他。除非他和艾玛吵架,一怒之下便离开了。可这也解释不了艾玛为什么会神志模糊。

"不知道。"他的语气很平淡,没有流露出一丝情感。道奇没有望着火焰,反而目不转睛地注视着黑暗。

"你……你该不会相信艾玛说的话吧?"

"不知道。"

"道奇——"

"不是。"他截断了我的话,"我并不信她的话。只是……"

"他不可能凭空消失的。"我替他说完他要说的话。

"没错。"他用指关节揉揉眼,"达伦有时候是个不懂事的呆瓜,可他不会就这么走掉。再说了,他的车还在那里。我只是……

我只是希望我们能做点什么。现在就做。"

"我知道。"我安慰他道,因为他比片刻之前更激动了,"天一亮我们就出发,道奇。我们到大路上去,只要有信号,就可以用艾玛的手机,就算没有信号,我们也可以走到有人的地方。我是说,我们其实并不是在荒无人烟的地方。那个女孩说过,这附近有很多人,只是分布比较远而已。"

我凝视道奇。他的脸依然在手后面,拳头使劲儿揉搓着眼窝,活像是要把过去几天的记忆擦掉,重新开始。我没有看到泪痕,可他的皮肤通红,牙关紧咬。我不知道该说什么。

他突然抬起头,瞪大眼睛看着我。篝火渐渐黯淡了下去,将阴影投射到他的脸上。这样的他看起来很可怕,特别是他用深邃闪光的眼睛灼灼地望着我。

"还是去睡会儿吧。"他说,"我希望今天赶快结束。"

我们没有讨论该怎么睡觉的问题。我们一言不发地走向最大的帐篷,而艾玛就在那里沉睡。发生了这么多事,没有人愿意独自去睡觉。

我们爬进各自的睡袋,道奇似乎是下意识地转过身面向我,把一只手臂搭在我的腰上,做出了和昨天晚上同样的姿势。我没有反对。我需要这样的慰藉。

我觉得我根本没睡着,只是当我张开眼睛的时候,帐篷里变亮了。我肯定这会儿太阳尚未升起,不过也快了。天色灰蒙蒙的,各种轮廓和阴影都清晰地显现出来，却依然没有色彩。天很冷，我的鼻尖冻得冰凉冰凉的。尽管如此，我还是热得出汗。有那么一刻，我弄不清这是怎么回事，但总觉得有些不对劲儿，不过我渐渐意识到有什么东西正紧紧箍着我的腰。原来是道奇把我搂得太紧，弄得我都喘不过气了。

我不想吵醒他，试着伸出手臂去够拉链，让冷风吹拂我的身体。要想这么做，我就必须把他的手拿开，这时候，我听到身后传来咕哝一声。

"对不起。"我轻声说。艾玛还在睡。

道奇没有回答，我肯定我把他吵醒了。好奇之下，我转过身看着他。

他闭着双眼，五官紧皱在一起，嘴巴抿着。他的头发平贴在头上，有些碎发黏在额头上。我不禁担心起来，试探性地伸出手，抚摸他的脸。他的脸很烫，皮肤上汗涔涔的。他又呻吟了一声，躲开了我的手。他的手臂从我的腰上滑开，没有了束缚，我坐起来，小心翼翼地移动，并且意识到每动一下，睡垫就在艾玛和道奇身下颤动一下。我慢慢地把手从边上伸进他的睡袋，摸了摸他的肩膀。他浑身滚烫，T恤衫黏在身上，如同第二层皮肤。

惊骇之下，我慌忙抽回手，用另一只手握住这只手。这只手是温热的，犹如道奇身体的热量传到了我的这只手上。他病了？昨天夜里他看着不是很好，但也没有大碍，并没有不舒服。

只是他现在真的很不好。我飞快地评估了一下我自己的状况。我感觉和平时一样。不发热，也没有头昏眼花。胃没有不适。不管他是怎么了，我似乎都没有受到传染。

我还记得他湿漉漉的头发在火光下闪闪发亮。他曾栽倒在海里，弄湿了身体。是不是就因为这个？昨天晚上很冷，海里更冷。

"道奇。"我小声喊道。他的眉毛扭曲着，却没有醒来。"道奇？"

我向前伸手，摇晃他的肩膀，一开始我的动作很轻，跟着加大了力道。我不知道我为什么很想叫醒他。我只知道我不喜欢孤零零一个人。我告诉我自己，我要和他说话，想知道他感觉如何，还有没有其他症状，但我并不十分肯定这么做对不对。

"道奇！"

艾玛轻轻地呜咽一声，在睡袋里翻了个身，只是我的注意力不在她身上。我低头注视道奇，仿佛我可以用意念唤醒他。但这似乎起作用了。他的眼皮动了动，随即睁开眼睛。一开始，他的目光没有焦点，显得有点迷茫。跟着，他抬头看着我，我注意到他醒过神来了。

"天亮了？"他用嘶哑的声音说。他费力地说出这几个字，我惊讶地发现他的声音竟是如此粗哑。

"算是吧。"我低声说道。

他看看周围，看看昏暗的光线，以及沉睡中的艾玛一动不动的身形。

"怎么了?"他问。

我咬着嘴唇内侧,打量他。

"你感觉怎么样?"我问。

"什么?"

"你感觉怎么样?"

"我感觉……"他想了想,"很冷。"他刚一说话,就向睡袋里面钻去,"这里怎么这么冷?"

其实并非如此。太阳升起来了,帐篷里的温度也在快速升高。

"不冷呀。"我答道,我的心开始下沉。我可不希望道奇现在生病。

"真的很冷。"他不同意我的说法,"我的外套呢?"

我一声不吭地把外套交给他,看着他坐起来,穿上衣服,整个身体因为暂时暴露在外而剧烈颤抖。

"哎呀。"他抓抓头,然后扑通一声躺在睡袋上。

"你怎么了?"

"头晕。"他说,一只手依旧放在额头上。

"你病了。"我说。出于某种原因,我不得不大声说出这一事实。

"才没有。"道奇告诉我,"我很好。"可即便是在他说话的时候,他依然向温暖的睡袋里面钻了一点儿。

"你的脚踝感觉怎么样?"

道奇露出了不确定的表情,他踢踢脚,我身边随之传来很轻的沙沙声。过了一会儿,他突然停下,表情有些扭曲。

"很疼。"他实话实说。

"我看看。"我催促道。

"等会儿吧。"道奇说着把睡袋拉得更高,戒备地看着我。他又哆嗦起来。

我仔细打量他。天光渐亮,看清楚之后,我就发现他的脸色越来越差。他的脸惨白,还有点发黄。他又哆嗦了一下,吞了吞口水,皱皱鼻子。

"你还好吗?"

他没有回答,但一会儿后,他动了起来。他刚才拒绝从蚕茧一样的睡袋里出来,现在却挣扎着,拉开睡袋,钻了出来,坐直身体,压根儿就不去管受伤的脚踝。我迷惑不解地看着他摇摇晃晃地走出帐篷,片刻后,我听到了干呕声和咳嗽声。他吐了。

我努力压下我的恶心感——这与道奇的病无关,然后跟了出去。我从此时并不冰凉的冷藏箱里拿出一瓶水,绕过帐篷,见他蹲在草丛里,便走到他身边。

"谢谢。"我把瓶盖拧开,把水递给他,他气喘吁吁地说道。他喝了一大口,跟着把一大口水吐在他的呕吐物上。"我没事。"他保证,"你用不着守着我。"

呕吐物散发出一股酸臭味,但我没有离他而去。他发烧了,很可能会昏倒。我只是在一边等待着,他缓慢而有节奏地小口喝着水,非常缓慢且平稳地呼吸,尽量不把水呛出来。过了一会儿,他终于感觉可以走动了,我就扶他站起来,把他的手臂搭在我的肩膀上,做他的拐杖,搀着他一瘸一拐地走回烧得发黑的火坑。艾玛不在外面。透过掀开的帐篷帘,我只能看到她缩成一团的身形。我不知道是不是该去叫醒她,不确定她醒来后会有怎样的精神状态。她昨天晚上一直歇斯底里,喝了安眠药后才安静下来。

"想不想吃点东西?"看到道奇扑通一声坐在椅子上,我问他。他摇了摇头,脸色十分苍白。他拉上外套的衣领,包住脖子,继续小口小口地喝着水。

为了找点事干,我拿出一块脆米饼,小口咬着吃了起来。我其实并不饿,我连一半都还没吃完,就把它扔到火坑里,想着它会被火烧,或是被吃腐食的鸟吃掉。

"你觉得我们是不是该带上艾玛?"道奇问道,把我从幻想中拉了出来。

我眨眨眼,一面注视他,一面琢磨着他的话。

"我们不能把她一个人留在这里。"我说。接着,我深吸一口气,"你能走吗?"

"能。"道奇立即答道,他的语气很坚定,表情很决绝。我不让自己露出怀疑的表情。"等艾玛醒来,我们就走。"他说这话时一直望着海浪，我不禁认为他是在说服他自己，而不是在让我相信。

艾玛没有一点要起来的意思，在整整二十分钟里，道奇每隔三秒钟就回头看她一眼，脖子都快抽筋了。看到他这样，我真对他感到同情，于是，我从椅子上站起来，向帐篷走去。

"艾玛。"我喊道，"艾玛，你醒了吗？"

她没有回答，但我觉得她并不是在睡觉。她还是一动不动，她在睡袋里的姿势很紧绷。从她的深蓝色睡袋上方看过去，只见她耸着肩膀，我看不到她的脖子。我挨着她跪在睡垫上。气垫一动，带动了她的身体，不过她本身还是一动不动。

"艾玛。"我又喊了一声。我把一只手放在她的肩膀上。她扭动身体，想摆脱我的手，这下把肩膀耸得更高了。"我知道你醒了。"

她叹口气，缓缓地转过身。她瞪大眼睛看着我，眼珠子活像两个巨大的玻璃球。我知道她在想昨天的事，在想达伦，我不知道该说什么。我不知道是不是该提起那件事，问问她具体情况。她是不是只会把深海怪物吃人的疯狂故事再讲一遍？

我勉强笑笑。

"快点，我们要离开这里，得走到大路上，找一户人家或是搭车。你去换件衣服，吃点东西。然后我们就出发。"

艾玛是穿着昨晚的衣服睡觉的，不过我希望换衣服这种日常小事能把她拉回到现实之中。她也许吃不下东西，但我觉得我应该这样建议她。不知道为了什么，我感觉自己像个大人了，虽然我是我们几个人中年纪最小的。只是道奇病了，艾玛疯疯癫癫，现在只有我来负责了。我不喜欢这样，却没有其他选择。

艾玛慢慢腾腾地换了衣服，顺从地穿上了我递给她的衣服。她活像一具僵尸，整个人毫无生气。我们没有说话。等她终于穿戴完毕，我打了个手势，示意她到外面去，她照办了，却拖着脚迈着缓慢的步伐，活像是七老八十的人。

海滩上却不见了道奇。

一刹那间，我的心停止了跳动，突如其来的恐慌感向我袭来，跟着，我听到了咳嗽声和呕吐声。他又去了长草丛里，猫着腰，把刚才喝下去的水都吐了出来。他和他刚才坐过的椅子之间有很多七歪八扭的脚印，可见是拖着左脚走的。就算是在他呕吐的时候，他的身体也不平衡，小心翼翼地抬高扭伤的脚踝。

他回来之后，我没有问他感觉如何。很显然他不舒服。我觉得不太可能，只是他的脸色比刚才更差了。他的脸是灰黄色的，紧紧抿在一起的嘴唇煞白。他每走一步都疼得直皱眉头，但还是慢慢地走了回来。

"准备好了吗，可以启程了吗？"他问，声音十分沉闷。

他该不会真以为他能一直走到大路上吧？那至少有两英里呢。他的脚踝扭伤了，走这一趟对他来说只会是痛苦的折磨。他呕吐过，还发着烧，那样太难过了。

"道奇，我看还是不要——"

"我能行。"他厉声道,显然知道我要说什么。

我不想和他争论,只是默默地看着他把几瓶水和一大袋薯片装进背包,把背包背在肩上。他早就穿上了鞋子,不过左脚没系鞋带。显然系鞋带会弄疼他的脚踝。

"你带手机了吗?"他说,这是他第一次对艾玛说话。

她似乎并不介意遭到了忽视。她只是动也不动地站在那儿,表情茫然地等待着。

听到这个问题,她眨巴了几下眼睛。跟着,她微微皱着眉,像是没听懂。

"你的手机,"道奇不耐烦地重复了一遍,"带了吗?"

艾玛做了一个轻微的动作,看着像是在耸肩。跟着,她别转面孔,看向小海湾。

"我去帐篷里看看。"我说,我看得出来,道奇就快受不了艾玛了,我觉得那一点用处也没有。她像是彻底迷失了,如同那对空洞的蓝色大眼后面,已然没有了灵魂。不过我没那个精力去为她担心,毕竟我更需要担心道奇、马丁和达伦。

在某种程度上,我急切地抓着马丁已经回家这个可能性不放。至于达伦,我就不那么肯定了。他被大海吞噬的猜测始终挥之不去。我应该更仔细地搜索那个小海湾才对,我知道这一点,不过艾玛当时失控了,想接近咆哮的大海都难。她拼死也不愿意让我靠近海水,这其实吓到了我,所以我只敢在海岸和岩石上搜索。

我应该到水里去看看,我真该那么做的。内疚感压得我喘不过气来。我努力把它压下去,让它退到我看不到的地方,可它啃咬着我,让我的心如被烈焰焚烧。

我很快就找到了艾玛的手机,就在她的一堆衣服上面,粉色金属保护套在昏暗的帐篷里显得格外亮眼。我按了按键,盼着能看到屏幕亮起来。但事与愿违。我强忍着没有叹气。我觉得这没什么可惊讶的。我们都在沙滩待了好几天了,艾玛总喜欢开着手机,用它来听歌或照相。她用的那些应用软件都会消耗电量,这会儿,她的手机没有任何反应。

"艾玛的手机也不能用了。"我说着走回到道奇和艾玛身边。他们两个似乎依然站在原地,不过看起来道奇费了很大力气才能站着不动。"没反应。"

道奇烦躁不安地哼了一声。

"看来我们只能走出去找人了。"他说。他站在沙滩上挪动了一下身体,调整重心,"快点,我看我们该出发了。"

他开始缓慢地向停车场走去。

"艾玛。"我轻轻地拉她的手肘,"艾玛,我们走了。"

虽然我就站在她身边,她好像没听到我说话似的。我更用力地拉了拉她的手臂,而她就这样任由我拉着她往前走。我们一前一后走了几步,她就停下,任凭我多用力,她也不肯走一步。我转过身,盯着她。

"怎么了？"

"我不走。"

"你说什么？"我并不是听错了她的话，我只是不敢相信她竟然说话了。

"我不走。没有达伦，我就不走。"

我还以为她又要痛哭流涕，然而，她那张苍白的脸异常平静，坚定地扬着下巴。

"艾玛，所以我们才要走呀、那样我们才能找人去帮他。我们需要找帮手。"

可她冲我摇摇头，表示她不会改变主意。

## 18

我根本不可能一边拉艾玛,一边扶道奇走上那座小山。这会儿,我站在他们两个之间,无助极了。

"艾玛,求你了——"我说着紧紧握住她的手臂。

但她沉下脸。她向后退一步,扭动手臂,挣脱我的钳制,她的力道大得惊人。

"不要。"她说,这可是她不再尖叫以来,发出的最大的声音了。

"艾玛,达伦不在这里!"我压低嗓音呵斥道。

"我不在乎。"她瞪着我,双眼终于恢复了生气,"没有达伦,我就不走。"

"可是——"

"绝不！"

我还没来得及阻止她，她就转过身，跑回了沙滩。我看着她钻进帐篷。我又是愤怒又是担心又是无助，只好去追她。

"别管她了。"道奇在我身后说。

不管她，让她一个人在这里？我转身，目光灼灼地看着道奇，正好看到他在一道低矮的石墙上坐下来。这会儿，我也顾不上担心艾玛了，因为他看起来又要呕吐，还微微摇晃着，像是在附和着海浪缓慢起伏的运动。

"道奇，你确定要这么做吗？"我问。

他没有理会我的回答，而是用一只脚撑着站起来。

"听着，我们需要帮助，就是这样。"

这一点毋庸置疑。

我一直保持警惕，以防道奇需要我搀扶他，而他似乎想要凭他自己的实力。他一瘸一拐地走过凹凸不平的停车场。我跟在他后面，落后半步的距离，速度比送葬的队伍还要慢，小心注视着他的每一步，只等着他倒下的那个时候。

我并没有等太久。前一刻，道奇还拖着脚，决然地往前走，肩膀随着蹒跚的脚步起伏着；下一刻，他的身体就栽倒了。我在他摔倒之前扶住了他，但也是仅此而已。

"你还好吗？"我喘着粗气说，使劲儿拉着他的外套，尝试将他轻轻放在地上，毕竟他太重了，我撑不住他。"你绊倒了吗？"

"不是，"道奇喃喃地说，"我头晕。"他呻吟了一声。我放开他，很肯定他会再次呕吐。但他没有，他翻滚一下，躺在地上，脸距离泥土只有咫尺之遥，每次呼吸，都会吹起黏在他布满汗水的皮肤上的尘土。我站在他身边，看着他呻吟，时不时抽搐一下。不过他并没有呕吐，他的胃里肯定都空了。"老天。"我听到他低声骂道。

我们就这样过了一分钟，跟着又是一分钟。道奇不再喘粗气，却也没有想要站起来。最后，我蹲下，试探性地抚摸他的背。

"道奇，别傻了。你这样哪里也去不了。"我尽可能轻声说，而且早就知道他会有什么反应。事实果然不出我所料。

"不！"他低吼道，"我们得去找人帮忙，我们得通知别人。过来帮帮我！"

我按照他说的做了，他一直起身体，就开始摇摇晃晃地往前走，好像喝醉了一样，我只好快步走过去搀扶他，把他的手臂搭在我的肩膀上，用一只手撑着他的胸口。

"见鬼！"他小声喝道。

"还是回营地吧。"我建议，"只去待一会儿。"我必须立刻补充，因为道奇已经张开嘴巴，要和我争辩。

可过了一会儿，他点点头，我便搀扶着他，慢慢地下山。我本想扶他去帐篷，他不答应，硬要我扶他到椅子上。

"我喜欢新鲜空气。"他说，即便这会儿他又开始哆嗦了。

我把他搀到座位上，从背包里拿出一瓶水，准备战斗。他现在哪里也去不了。我知道这一点，他也知道。我还知道，即便如此，也可能阻止不了他。现在只有一个办法能让他留在这里。

"听着，"我说着艰难地咽了咽口水，"你留在这里，看着艾玛，我去找人来。"

这不是我心里的想法。我真不愿意这么干，可是一看就知道，道奇走不了，艾玛不愿意走。他说得对，我们需要帮助。这事儿刻不容缓。

我只是……一想到我要一个人走出去，打手势要陌生人停下车……我可能会迷路，天黑了还回不来……

我深吸一口气，平息内心的恐慌。想想马丁和达伦，失去心智的艾玛，还有在我面前已经筋疲力尽的道奇。

有什么抓住了我的手指，我收回死死盯在沙滩上的目光，抬起头，只见道奇正望着我。他缓缓地摇了摇头。

"不行。"他说，"谁也不能一个人出去。"

我并没有指出，他刚才把艾玛一个人丢下了。我心中忽然升起一股暖意，他不愿意让我一个人涉险去求救，他想保护我，让我平平安安的。

光是在这里干坐着并不容易。道奇瘫坐在椅子上，几乎是半躺着，脑袋靠在椅背上。他闭上了眼睛，我觉得他并没有睡着，毕竟隔一会儿他就会唉声叹气，或是呻吟，然后就会睁开眼睛。显然他不愿意说话。艾玛拉上了帐篷帘,把她自己关在了她的小小世界里。只剩下我一个人了。虽然我不是孤身一人,可我觉得很孤独。啊,我还有我的思想做伴,不过我的思想此刻很压抑。

首先,我尝试计算马丁失踪了多久。三十六个小时?也许更久?如果他真的搭车回家了,他现在是不是原谅我们了,会想着要发一条和解短信来?明天要是道奇好点了,我们走出去,我能打开我的手机,是不是就能收到这样一条短信?

如果他没有回家,如果他被困在了某个地方,受了伤,或是陷入了困境,那么,过了三十六个小时,他会不会冻伤?白天很暖和,夜晚就是另一回事了,还下了雨……要多久会患上肺炎?

我不知道答案。就好像我不知道发烧会在多久之后引起更严重的病,要过多久我应该开始担心,或者更加担心。也许是一天?我顶多坚持一天,然后不管他说什么,我都会一个人去求救。反正他那时候也阻止不了我了,毕竟他连站都站不起来。

还有艾玛。已经失去理智的艾玛。我也不知道该拿她怎么办。我无法想象她经历了什么,才会变得如此崩溃。她和达伦大吵了一架?还是她真的看到他被拖进了海里?

他在海里。我对此十分肯定。很多简单的事情都会出岔子。他可能在海水里走了很远,游着泳,然后在湍流中遇险。他可能在卖弄时撞到了岩石上。只要脚下一滑,就可能撞到头,晕过去。然后微弱的海浪就可以把他冲走。在漆黑冰冷的海水里,有很多种遇到危险的可能。

但海浪只朝着一个方向推进。如果达伦遇到了什么事,他很可能被冲到岸上,就跟小海湾里那些漂流物和海藻一样。毕竟他们去那里不就是为了这个吗?因为那里是个收集浮木的好地方。

我下意识地站起来,并且做了一个决定。

"我要到小海湾去一趟。"我宣布。

道奇睁开眼,用模糊不清的眼睛看着我。

"什么?为什么?"

"我就是想去……查看一下。也许我没看到达伦。也许他摔倒了,躺在岩石上,也许他下海了,可后来他回到了海滩上,但是太累了,或是受了伤,所以才回不来这里。也许……"我没有说完。也许他被冲了回来,不过不是他自己游回来的,而是大海送来的一份"礼物"。"这么做又有什么不好呢?"看到道奇不确定地望着我,我问道。

"你一个人去?"他说。

"只是去海湾而已。"我答,"又不远。我不会去大路的。你说得对,我其实也不愿意一个人去大路。"

实话实说,我其实也不愿意一个人到海湾去,可我……我必须去查看一下。有种奇异的感觉在我心里盘旋不去。再说了,光是坐在这里,我会疯掉。我不喜欢除了等待,什么都做不了的这种感觉。

"不会有事的。"看到他还是不相信的样子,我说道,"而且我在那边喊,你能听得到。就算发生了什么事,我会大叫的,很大声很大声。"我又道。

这一天他头一次笑了出来。

"我知道。"他向我保证,"水母事件依然历历在目。"

之前的几个星期一直艳阳高照,今天却又是个阴天,不过不像昨天那么冷,于是我把外套放在椅子上。我快步走上那座低矮的小山,来到蜿蜒绕过海岸的小路上,尽量不去理会心里的慌乱感觉。我第一次去那个小海湾时留下了可怕的回忆,并不打算再回去。可是,如果达伦有可能在那里的话……

我其实一直在平息我的内疚感。我情不自禁地想着,如果我忙着安抚艾玛,带她离开那里,那我是不是就没有看到他。

这一路上的景物看着很陌生,来到岔路的时候,我犹豫了起来,不知道该往哪边走。昨天,艾玛的声音为我指引了方向。今天,我耳边响起的只有海鸥的嚎叫声和呼呼的风声。我不知道这里有没有不刮风的时候。尽管浑身不自在,我还是走下那条小路,终于来到了那片布满卵石的海滩。

小海湾里有几块巨大的岩石和大石头,完全可以遮挡住一个蜷坐的人,而我就是在其中一块后面找到了缩成一团的艾玛。我检查了每一块石头,绕过石头一周确认,随后集中精神环视散落在海岸线和浅滩上的漂浮物。

我没有看到任何符合达伦健壮体型的影子,但我不打算放过一个细节，下定决心要仔细检查。每走一步，我的运动鞋都会踩在活动的石块上，嘎啦嘎啦直响，这声音像是在碰到峭壁后反射了回来。

就在我在海岸线上走了一半的时候，一个东西映入眼帘。是一抹橘红色。虽然有点深，却是橘红色无疑。这片海滩上的东西不该是那个颜色。我透过突然紧绷的肺部深吸一口气，再次寻找那一点点人造颜色。

就在那里，起起伏伏，若隐若现。在水里。

我飞奔向前，并没有意识到我的脚重重踏在卵石上，我的手臂在不停地挥舞。我的目光紧紧盯着那一点橘红色，我觉得只要我一眨眼，它就会消失。我一脚踩进水里，根本没注意到爱尔兰海那刺骨的寒意。我踩着水向前跑去，急切地伸出手，虽然这会儿我还够不到他。

"达伦！"我气喘吁吁地说。

他的身形现在更清楚了，他的轮廓在幽暗的海水中清晰可见。他的后背和肩膀比水面高出一点，半隐半现地被一块嶙峋的岩石挡着，这会儿是退潮时间，那块岩石因此露出了水面。他的橙色T恤衫向全世界昭示着他的存在……向我昭示着他的存在。他的脑袋歪向一边，一半脸在水里，一半脸露在水上。他的一部分嘴巴在水面之上。那他是不是依旧可以呼吸？

我带着这样的期盼，一把抓住他的肩膀，拉他翻过身来。他的皮肤苍白，虽然睁着眼睛，却看不到瞳孔。他的头毫无生气地向后耷拉在我的手臂上，我的希望瞬间就被浇灭了。我来得太晚了？

"达伦!"我用力摇晃他,他的脑袋来回晃动着,"达伦!看着我!"

没有回应。只有他那魁梧的身体软绵绵地搭在我的手臂上。我低下头,把脸贴在他的嘴巴上,祈祷能感觉到他温热微弱的呼吸。但我没有,贴在我脸颊上的他的嘴唇冷冰冰的,大海有节奏地推动着他,仿佛他在亲吻我,却是不受欢迎的吻。

我努力提醒自己眼前的是达伦,不去想我抱着一具死尸,我用手沿他的锁骨摸到他的脖子。我将两根手指稳稳地按在他的喉咙根部,寻找脉搏,却没有找到。他的皮肤冷若寒冰。泪水刺痛了我的眼睛,我的五官皱成一团。太晚了,我来得太晚了。

如果他昨天就在这里,那在我离开的时候,他是不是还活着?

我的泪水止不住地向下流,内疚让我觉得难以承受。

就在此时,有什么东西缠住了我的手臂。力道不轻,没觉得痒,所以应该不是海藻或水母。缠住我的那东西很有力气。我尖叫起来,猛地向后退去,抽回两条手臂。接着,我看到了达伦的脸。他的眼睛黑黑的,恢复了焦距,正目光炯炯地注视我。但是,这情形只持续了一瞬间,他便滑进水里,不见了踪迹。

他还活着。达伦还活着。

"该死的!"我猛地向前窜去,急切地在水里寻找着。这里并不深,他到哪里去了?我浑身都湿透了,冷得要命,但我不在乎。我跪下,棱角分明的石块硌着我的小腿,我疼得皱起眉头。但我没有停止搜索,我跑来跑去,双手在沙子、海藻和岩石上面摸索着。他去哪里了?片刻之前,他还在这里。他到哪里去了?

"达伦!"我大声喊道。我的喉咙发紧,只能用嘶哑的声音叫出他的名字。

没有人回答我。这里寂静无声。艾玛说得对,这里真是死一般沉寂。我的脑袋乱成了一锅粥,并没意识到这片海滩三面都有峭壁,风吹不过来。海面上风平浪静,发出轻柔的哗哗声。唯一的声响便是我疯狂地走动时,溅起水花的声音。

我突然停住脚步,站在那儿,直喘粗气。这会儿,我没有搅动水面,这才意识到海水清澈无比,一眼就能望到底。我能看到深色的海藻,树枝,断裂的草叶和卵石这些东西在海水里打着旋儿漂浮着。却没有达伦。没有人挣扎着要浮出水面,或是一动不动地在水中漂浮。他不在这里。

我有些糊涂了,心里不禁害怕起来,连忙转过身,环顾四周。他不在海岸上,也没有漂进深海里。哪里都没有他。

"达伦!"我依然大声喊道。

有人在回应我,但他没有说话,声音是从喉咙里发出来的。不是达伦,但我认得那个声音。

"马丁?"我跑出海水,在沙滩上东瞧西看,身上滴着水,已然忘记了寒冷。"马丁?"

他又尖叫了一声,听起来十分痛苦。尽管犹豫,我还是向着我认为的声音来源走了过去,只是那声音被峭壁反弹回来,我的四面八方似乎都有响声。

"马丁?马丁,你在哪里?"我的眼泪又开始哗哗向下流,这下子我有点泣不成声了。

"希瑟!"我的名字从各个方向传来,却又好像处处都不是。我飞快地转身,弄得头都有些晕了。"希瑟,救命!"

两个人的声音,是马丁和达伦。他们在一块喊,声音里透着恐惧、愤怒和痛苦。

还有指责。

为什么我没有帮他们?为什么我没有帮他们?

我更大声地呼喊,跑到这边,又跑到那里。

"你们在哪儿?"我叫道。

这一次,我没有得到任何回应,只有尖锐扭曲的回声。

他们在哪里?这个海湾这么小。我呆呆地站在中心位置,所有地方和所有东西都一目了然。我慌了神儿,又很害怕,良久,我才意识到那个事实:这里只有我一个人。

但那声音是怎么回事儿?我用双手拍拍脑袋,想把那些声音关在脑海之外。艾玛是不是就遇到了这种情况,就因为这个,才把她逼到了崩溃的边缘?

这会儿,我只想逃跑,于是我用两只手死死捂着耳朵,跑了起来。这样的姿势让我跑起来很笨拙,重心不稳。我本就不稳当,脚下的石头还总是滑动，于是摔了个跟头。

我重重摔倒在地，滑了出去。出于本能，我抓住了凹凸不平的石块和粗糙的沙粒，好阻止自己滑出去的势头。就在这个时候，我抓到了一个比其他卵石都要光滑都要冰凉的东西。我翻开手掌，盯着手心里的那个东西。

竟然是那枚胸针。它怎么可能在这里？道奇在营地里把它扔进了大海。它沿海漂流到海湾，再到我把它捡起来的可能性可谓微乎其微。可更重要的是，我此时在涨潮线之外。我难以置信地摇了摇头。

又一声尖叫划破了天空，将我从思绪中拉了回来。我摇摇晃晃地站起来，全速冲向那条窄径，目光紧紧盯着小路，而那枚小小的铜胸针牢牢地在我手心里，仿佛附在了上面。

## 19

### 现 在

我很渴。办公室里很暖和,我想就是因为这个,我的嘴巴才会发干。看到彼得森医生又喝了一口价格不菲的汽水,我的不适感达到了顶点。我并没有开口找他要喝的。我吞了吞口水,希望口水能回到我那干透了的嘴巴里。不过这并不意味着我想要说话。

这会儿是休息时间。不是我的主意,我也没反对。看彼得森医生脸上的表情就知道,他也不喜欢休息。我只能猜测休息是必须的,过了这么久,必须给我一个机会来喘息,或是反思。不过我不能出这个房间,他也并没有提到要吃些茶点。

彼得森医生看了一眼他手腕上那块昂贵的劳力士手表,他手臂上的汗毛因为年纪大的关系而变成了银灰色，我这才意识到，休息时间就快到了。他继续看我的记录，但是没有认真看。也许他只是在脑海里倒数时间来着。他的目光落在纸张上，眼珠则动也不动。

终于——可还是太快了——他叹口气，把我的档案推开，看着我，给了我一个愉快的微笑。我不由得想知道，他是不是和我恨他一样恨我，那个笑对他来说是不是很勉强，他其实想做的是不是对我吹胡子瞪眼睛。不——我很肯定他在我们的会面时间里乐在其中。我对他而言就是个魔方，是一道谜题，他已经知道了答案，却还是把玩起来没完没了。因为真正的挑战在于如何解决，在于如何使小小的色块屈从于他的意志。

我从来都没有解开过魔方。至多是弄出一排黄色，或是把四个小小红色方块组成一个整齐的正方形，跟着我就被卡住了，不管我怎么转，都无法取得任何进展。我会开始觉得无聊，进而放弃。很不幸，彼得森医生似乎比我更固执，至少在这方面是这样。

他张开嘴想要说话，我很想知道我们现在要说什么。

"你信教吗，希瑟？"

这很要紧吗？我眨巴眨巴眼睛，没有露出丝毫表情，等他继续提问。彼得森医生没有说话，只是直勾勾地看着我，显然是在等我回答。如果我什么都不说，这种状况会持续多久呢？

八成会很久，一分钟后我得到了这样的认知。一声不吭地坐在这里真叫人尴尬。背景中守卫的呼吸声显得很响亮。其实很气人。

他是故意的吗,好叫我不要忘记他的存在?现在,我试着和他的呼吸保持一致,毕竟要忽略它会更难。我希望能有别的东西盖过他的呼吸声。随便什么都行,哪怕那意味着我必须开口说话。再说了,那只是个无关痛痒的问题。就算回答他,我也不会有损失。

"不信。"我轻声说。

"你笃信上帝吗?"

我看不出这和他的第一个问题有什么区别,但我还是回答了。

"不信。"

"那你信不信有来世?"

我微微眯起眼睛,依旧在揣摩他这么问的意图。我觉得我猜到了……

"所有人都愿意相信有来世。"我告诉他,"他们愿意相信死亡不是终结。"

"那你呢?"

"不知道。"我有意让自己的声音显得粗率无礼。因为我觉得我或许看出了他想说什么,而我想要马上截断这个话题。

"啊。"他说,仿佛他从未听我说过这句话似的。跟着,他说,"这就是问题所在,对吗?未知。"

我笑笑。我猜对了。然而这个笑容并没有持续很久。对于彼得森一次次想要我相信的这个理论,我根本就不想谈论。这倒不是说我有很多话题愿意和彼得森医生聊,我唯一愿意和他说的就是放我离开,而且,我十分肯定,近期我们都不会谈到这个话题。

但是,守卫依然在呼吸,缓慢,响亮,从不间断。

"没人知道。"我说,尽量用鄙视的语气,仿佛这一点本该是显而易见的。

彼得森笑了。

"所以你才会对此如此着迷?死亡让你神魂颠倒?"

"我没有为死亡神魂颠倒。"我答。这是实话。

"不,你说得对。"他表示同意。彼得森竟然认同我的话,我惊诧得眨眨眼,但他并没有说完。"不是死亡,对吧?你着迷的是垂死。在那些珍贵的时刻,你可以看着生命一点点流逝。你很好奇,生命会到哪里去。"

这个男人八成是疯了。

我紧紧抿着嘴唇,打算也封闭我的耳朵。就为了能盖过那个呼吸声,我用好手大声敲打膝盖。彼得森一定会以为这代表他攻克了我,我只好勉强接受这一点。

"希瑟?"

死亡,垂死。这没什么可令人神往的,反而恐怖到了极点。无可解释。未经探索。神秘莫测。没人知道那段最后的旅途是什么样子,除非你自己也走上那条路,而到了那个时候,你却永远都无法回头,告诉别人你在一路上都遇到了什么。

那条路一直向下延伸到很深的地方,所以我们才全都这么怕黑。因为没有什么比对那里的情形一无所知更可怕的事情了。

但我不会尝试把这些解释给彼得森医生听。我才不在乎他会等多久,那个该死的守卫的呼吸声有多大。我用牙齿咬住舌头,很用力地咬,咬到舌头生疼。

也许彼得森医生从我的脸上看出了我的决心,因为他很快就开始说到他那份小清单上的下一个问题。

"你相信鬼怪吗,希瑟?魔鬼,来自另一个世界的生物?"

我更用力地咬住舌头。我肯定把舌头咬出血了,因为我的嘴里突然出现了一股既熟悉又陌生的金属味道。

只要彼得森医生想让我做出反应,就会提到这个话题。如果我能理智思考,我就会惊讶,在这次会面里,他竟然等了这么久,才对我使出这一招。可我没有。我根本无法思考。我把全部精力都用来让自己留在这里。留在这个房间,留在此刻。这个话题本该很有趣才对,毕竟我以前从不信这些,可是,我并没有笑。

因为我确实相信。我相信鬼魂,魔鬼,随便怎么称呼都好。那些生物本不该存在于这个世界,可它们确实存在,而且不必遵守我们必须遵守的规则。你战胜不了它们,杀不死它们。我确实相信它们的存在。

德鲁伊教成员曾经用可怕的祭品来抚慰这些鬼怪,他们很清楚他们在干什么。他们知道,如果恶魔欲壑难平,人间就要经历浩劫。

我也知道。

# 20

## 曾 经

"道奇!"我飞奔到沙滩上,呼吸很粗重。我忘了他在生病,忘了他的脚踝受了伤,一下子扑到了他怀里,我失控了,抽噎不止。

"怎么了?怎么了?希瑟,出什么事了?"

"那个……那个……"我不知道该怎么给他讲海湾里发生的事儿。我只是更用力地攀着他不放,死死搂住他的脖子,把脸埋在他的肩膀上。尽管海滩上寂静无声,我依然能听到他们的尖叫声在我的脑海里回荡。我之前体会到的恐惧没有一丝一毫地减少,我剧烈地颤抖着。我的脉搏在我的体内怦怦跳动,即便我的衣服都湿透了,我还是觉得燥热不已。

我的身体很热，道奇的身体更热。他的皮肤似乎在散发热量，提醒我他是个病人。他根本不可能支撑我的体重。尽管不情不愿，我还是抽开身，退后一步，拉开我们之间的距离。

不过这会儿他能看到我的脸。我尽量让我的脸恢复原本的形状，只是下巴直打颤，我要把眼泪憋回去，只好把眼睛眯成一条缝。我用力地抽了抽鼻子，希望能冷静下来。

"你最好去坐着。"我用颤抖的声音说。

道奇没有理会我的建议。他走到我跟前，拉近了我刚刚才拉开的距离，一把攥住我的胳膊。

"希瑟，出什么事了？你到小海湾那里去了吗？"

我根本说不出话来，只好点点头。

"你……有没有什么发现？"

"我不知道。"我的声音有些扭曲，听来非常怪异，我激动得都有些窒息了，"那个……"我又一次说不下去，只是喘着粗气。光是想到刚才的情形，我就吓得要命，恐惧犹如一条钢带，紧紧缠住了我的胸口。"那里有东西。"

道奇听懂了我在强调什么。

"东西？什么意思？"他问道，脸上的表情开始紧张起来。

"我……我也不确定。"我充满歉意地耸耸肩。这会儿，我开始镇定下来，恢复了理智。刚才的事儿似乎……根本就不可能发生。对于我所看到的，听到的，我再也不能百分百确定了。那都是我的想象吗?

可是……

"道奇,我找到了——"我把左手伸到他面前。

道奇眯起眼睛,可在看到我手里的东西后,他猛地睁大了眼睛。他缓缓地掰开我的手指,拿出那枚胸针。

"你是从哪里找到它的?"他问。

"海湾那边的沙滩上。"

"被冲上岸来了?"他看起来有点半信半疑,"我倒是想到有这个可能。"

我摇摇头。

"不是,它在涨潮线之外,就埋在卵石下面。"

"这不可能。"他嘟囔着说。

我沉着地深吸一口气。"我知道。"

两只深绿色的眼睛注视着我。

"希瑟,怎么了?"

我把事情的经过讲给他听。我告诉他,尸体消失了,还有不知道从哪里传来的尖叫声。我是如何碰巧摔倒在那枚胸针前面,把它拾起。我说话的时候并没有看他,生怕在他脸上看到艾玛之前在我的脸上看到的表情:不相信。

我讲完了,良久,我们两个都没说话。我等了整整十秒钟,只好望向他的脸。

他的脸上写满了怀疑。

"你不相信我。"我指责道。

"我认为你不会撒谎。"他没有正面回答。

我沉下脸。那根本就不是一回事。

"你觉得这些都是我的想象。"

他皱起眉头，很容易解读出其中的意思：是的，不过你现在可不想听这个。

不，不是这样的。

"你感觉怎么样？"他问道。他伸出手，贴在我的额头上。这么做根本毫无意义，毕竟他的身体比我的烫多了。"你冷吗？还是很燥热？有没有感觉胃不舒服？"

我躲开他的手。

"没有。"我答，语气很不友好。

他咬着嘴唇，琢磨着我的话。

"对不起，希瑟，只是你的话听起来有点——"

"有点疯狂。"我替他说完了他要说的话。

他看着我，皱起了眉头，眼睛里尽是歉意。

"可这个……"他在手心里把胸针翻转过来，"真是太诡异了。它是怎么跑到那里去的？"

"不清楚。"我看着铜质表面反射出的光芒道，"你不觉得这是个奇怪的巧合吗?"

"你想说什么?"

"它就在那里,就在小海湾。也许……也许这一切之间是有关联的。"

"关联?"

我顿了顿,不太确定我是否准备好承认我自己的理论。即便是在我听来,这也有点疯狂。

"你想想看,我们是在什么地方找到这个的。"我说,盼着他能猜到我在想什么,那样我就不用说出来了。

"石冢?"

"石冢,用来葬人的。"我提醒他。

"这东西被丢在了那里。"他争辩道,"它肯定是最近才被丢下的,甚至都不是古物。"

"你把它拿出来的时候,它看起来非常古老。"我反驳道。

"是呀,可是,那就是因为它很脏。你现在再看看它。金属不可能像这样一直光泽闪闪,时间久了,就不亮了,而且它还一直暴露在外面。"

我知道他说得对,但我还是不能释怀。

"发生了这么多事情,而且这些事都是在我们找到胸针后才发生的。"

"你觉得——"他动动嘴唇,我知道,即便坏事一桩接着一桩,我知道他现在依然在嘲笑我,"你觉得这一切都是这枚胸针造成的?"

"自从我们把它偷走之后,我是说,仅仅是几个小时之后,一切都开始不对劲了,你不觉得奇怪吗?"

"这不过是个巧合,希瑟。"他小声说,"仅此而已。"

"我不这么觉得。"我固执地说。我感觉自己很傻,脸涨得通红,却还是坚定地说了下去,"在我们发现这个东西之后,马丁不见了,沃尔沃汽车启动不了,你扭伤了脚踝。然后,你把它丢掉,达伦就在它被冲上岸的海滩上消失了,艾玛疯了,现在我——"我没有说下去,只是咬紧牙关。

我心里的怒火越烧越旺,我真气道奇不信我的话。那会儿,艾玛说了她那个疯狂的故事,他都没有这么嘲笑她。他为什么就不能好好考虑一下我的话呢?

"希瑟——"

我没有让他说完,我肯定他一定会尝试说服我相信我不过是在说疯话。

"道奇,如果我们……唤醒了某个东西,会怎么样?"

"希瑟,什么东西都没有。"道奇坐在椅子上向前探身,强迫我注视他,"这里只有我们。或许——"

"这一切不是我想象力丰富。"我喝道,"可能是……你说的那种情况。德鲁伊教成员。"

"那只不过是一个故事,希瑟!"道奇大声说。他做了个深呼吸,显然是在控制情绪,"听着,我觉得是你以为你看到了你说你看到的那些情形。"他说,我瞪着眼,听他如此小心地措辞,"也许你现在分不清什么是真实,什么不是。我是说,刚才我头昏的时候,有那么一会儿,我甚至都不知道我在什么地方。"

"我没有病。"我固执地重复道。

"你可能生病了,只是你还不知道而已。"他坚持,"我也觉得我自己很好,等我病倒了,我才纠正了看法。希瑟——"他伸出一只手揉着额头,这会儿,那里布满了晶莹的汗珠,"——希瑟,你说的都是迷信。什么鬼魂呀,肉体呀。我的意思是,就在昨天晚上,你还说艾玛失心疯了。现在呢,你觉得她说得对?"

"我不知道。"我含糊地说。我还没准备好和艾玛站在同一阵线。我并没有看到她说的那个东西,但我或许愿意用更为开放的思维去思考这件事。可她……她现在是那么不稳定,很难去相信她说的任何话。

"我没发疯。"

我并没有听到艾玛走出帐篷,当我听到她的声音转过头去的时候,她已经站在我们身后几英尺的地方了。

"艾玛,你醒了。"道奇说,他假装出欢快的语气,我知道他和我都在想同一个问题:艾玛站在那里听了多久了?

"我不是失心疯。"她又说,向前走了几步,在沙滩上发不出一点脚步声,"我看到的那个东西,是真实的,它就在那儿。"

我们默默地看着她绕过火坑，慢慢坐在一把富余的椅子上。她穿着我之前帮她穿上的衣服，只是现在皱巴巴的，外套松松垮垮地垂着，一边肩膀露在外面。她的头发乱七八糟，不是那种"我刚刚起床"式的随意造型，我知道，她要花上几个钟头，才能弄出那样的效果，这会儿，她好像根本不知道自己是个什么样子，也不在乎她是什么样子。至少是一天前化的妆此时脱落了一半。

她比我从前所见的她苍老了很多。这种老态在她的眼睛里：仿佛她见证了真正可怕的情形。那双眼睛里透着恐惧、忧伤和逆来顺受的意味，我不喜欢注视这样一双眼睛。然而，我却无法收回目光。

"再把你看到的讲一遍。"我要求道。

此时此刻，她镇定了许多，我希望得到一些更具体的细节，毕竟现在我和道奇只是根据昨天晚上她在歇斯底里状态下说出的只言片语，拼凑出了大致的故事。

艾玛没有回答。她看着我，样子怪怪的，头歪向一边，眼睛周围的肌肉微微有些紧绷。

"出什么事了？"她问我。

"什么？"

"你遇到事情了。是什么？是不是在小海湾那里，你回去了？你有没有看到什么？"

"我……不确定。"

"快说。"她命令道。

我又讲了一遍我的故事。艾玛瞪大眼睛，不仅惊讶，还很恐惧，接着，她显得很满意，露出一副屈从的样子。

"我早说过了。"她在我说完的时候道。然后，她更激动地重复了一遍，"我早说过了！"

"我并没有看到什么……东西。"我坚称，我的经历印证了她的故事，让我感觉很不舒服，毕竟她的版本太不可思议了。

"可你觉得出事了。我听到你刚才说的话了。"我刚刚张开嘴想要争辩，她就又说道。

"我不知道。"我悲哀地小声道，并且意识到道奇正密切注意着我。我喘了口气。"我看我们应该离开这里。"

无人反对。

尽管到帐篷里度过我们在沙滩上的最后几个钟头很有诱惑力，我们还是不愿意离开火堆。不止是为了取暖，而我太冷了，寒意深入骨髓，道奇则在不受控制地颤抖，他烧得厉害，觉得一切都是冷冰冰的，尽管我一直搂着他的肩膀，迫切希望能让他暖和过来。

我们在火边挤作一团。我们周围的一切都是灰蒙蒙的，显得很不吉利。渐渐地，灰色开始变黑，黑暗是那样不友好，充满威胁。

我们并没有过多地说话。在刚才貌似恢复正常之后，这会儿，艾玛又回到了她自己的世界里，一边看着火焰，一边哼哼着。至于道奇，看起来就好像他唯一能做的事情就是保持清醒，我试过几次要他躺下来，他却不愿意。我也没有坚持。他此刻虽然虚弱，头昏眼花，意识不清楚，只要他在，对我来说就是莫大的慰藉。至于我自己，我在仔仔细细地观察那枚胸针，不放过一个细节。我把它侧过来，借着摇曳的火光，将胸针上的图案照得清清楚楚。我还把它扭过来扭过去，尝试辨认出曲线和形状是什么意思。这个小小的圆环虽然小，却和我的手掌差不多大，我也不确定是为什么，可我依然认为，对于发生的一切，即便不是因它而起，也与它有关。

不过那些符号古怪至极。难以辨识，却不是胡乱涂鸦之作。我并没有泄气，而是继续破解，我把胸针翻转，从不同的角度看，尝试解读那些环行物和不规则的角。

"看这个，"我缓缓地说，眯起眼睛看胸针，"要是从正确的角度看，就会觉得这里有点像个人。"

"什么？"道奇扭头看着我，眼睛半睁半闭，下巴颤抖着。他吸了吸鼻子，拉紧第二件外套，却还是看着我所指的部位。

"看这个胸针，"我说，他叹了口气，我假装没注意到，"看这个部分。"

我把它举起来，让他查看。他并没有隔着我们之间很近的距离仔细看，而是把它从我手里拿走了。我看着他把胸针颠来倒去地看。

"也许吧。"他说，"你说的是火焰中心的这部分吧？"

"火焰？"我眨眨眼，"什么火焰？"

"就是这里。"他指指我破译不出的锯齿状符号，"它们代表火焰，对吧？"

我无法肯定，毕竟在我看来，那些图案一点也不像火焰，但我记得道奇轻而易举就指出那个地方是个石冢，而我只看到了一堆石头。

"当然。"我小声说。

"这些图案看起来像是礼物。"

礼物？我把胸针从他手里拿回来。我可没看出哪里是"礼物"。

"哪儿？"

"这里。"他伸过手，用一根手指抚摸着胸针的下半部分，就在那个显然是被火包围的人的对面，"看到了吗？那是个壶之类的东西，这可能是长矛或斧子……看不出来。不过肯定都是供奉物。"

"供奉物？"我重复着他的话，努力不要显露出这是我这辈子第一次听到这个词。

"是的，你知道的，就是献给神明的祭品。"

"嗯。"他怎么会知道这些东西？"那么……这可能是个神？"我指指我看出的那个人。

道奇撇撇嘴。"我看不像，毕竟他周围都是火。除非他是个邪神。也许是个魔鬼。"

"邪魔……"一时间我的脑海里闪过无数念头。我又去看那个用潦草线条表示的人，还有道奇说是火焰的锯齿形状。"或者说，这些可能是——"我眯起眼，在我的脑海里把那些线条连在一起，"翅膀？"

"是的。"道奇扬起一边肩膀，做了耸肩的动作，"火焰，翅膀。"他顿了顿，想了一下，"甚至可能是海浪。"

## 21

沉默。令人倍受煎熬的沉默。

我不晓得道奇在想什么,但只有一个念头在我的脑海里不停地闪现。

如果这枚胸针是个古物,该怎么办?如果它来自远古时代,该怎么办?

如果它背后隐藏着鬼魂,那个与世隔绝的石冢里有鬼魂游荡,该怎么办?那座石冢一直处在平静的状态下,后来,道奇挖了他不该挖的地方,便打破了它的宁静。这听起来很荒谬,荒谬到我甚至都无法强迫自己第二次将它宣之于口。

然而,这个想法就是挥之不去。

黑暗本就无情可怕,此时此刻,它给人带来了无边的恐惧——

这个认知早已深深地扎根在我的内心深处。什么东西潜藏在黑夜中？我情不自禁地在艾玛那混乱的故事里加入负面元素。这会儿，每一阵向我们吹来的风都会发出空灵的声音。轻轻的呼啸声，高亢的呼号声，整齐的飒飒声。风吹过我的头发，如同指尖撩过，因此，尽管穿着厚运动衫，我的手臂上依然起满了鸡皮疙瘩。

在此之前，火焰一直都是慰藉，这会儿，则变成了必不可少的东西。火边整齐码放着我们用来烧火的木柴。两次去小海湾，我都没想起要拾柴，所以这会儿柴堆里的柴少得可怜。我真不愿意继续消耗木柴，可此时火坑里只剩下一堆冒烟的灰烬。余烬依然散发着热量，但光亮已经开始减弱，黑暗逐渐侵入，就连艾玛在几英尺外的轮廓都难以看清了。我张开嘴，刚要提议再用一点逐渐减少的储备，道奇就伸出手，抽出两根相当粗的树枝。

"再过一会儿就点不着了。"他说着把树枝丢进火堆中心，又抄起一根较细的树枝，戳了戳闷烧的火堆，过了一会儿，火苗蹿了起来，饥渴地灼烧着新添进来的燃料。弄好了火堆，他就把那根细长的树枝丢进火里，向后一靠，显得很满意。只是他脸上的表情很凝重。我知道那是为什么。

"你觉得这些能坚持多久？"我指着剩下的柴火问。只有四五根木头了，还有几捧干海藻和树叶。

道奇耸耸肩，皱起眉头。这可不是什么能叫人安心的举动。

"够用到明天早晨吗？"我追问。

"我们要在这里坐上一整夜?"

是的。或者说,至少我是这么计划的。我绝不在黑暗中蜷缩在帐篷里。轻薄的帐篷材料尚不足以抵抗风吹雨打,又何以抵挡前来复仇的恶灵呢?

道奇似乎读懂了我的心思。

"我们可以去车里,锁上车门。"他提议。

钢铁和玻璃倒是比帆布的防护效果强,只是……

"我喜欢待在有光的地方。"我说。

沉默很久之后,道奇轻声说,"我也是。"

"那是不是需要更多柴火?"我问。

道奇想了一会儿,点点头。我叹口气。我也这么觉得。道奇病得这么重,不适合去捡柴,艾玛还是疯疯癫癫。只有一条路了……

"好吧。"我决然地站起来,"我去找点柴火回来。"

"什么?"道奇抬头看着我,扬起眉毛,"你一个人去?不行,希瑟。"

"不要紧。"我道,"我不会去太远,甚至都不会离开海滩。我想我之前在远处的沙滩上看到有浮木。兴许是其他露营者留下的。"

"希瑟——"

"只要五分钟而已。"我坚定地说,"把手电筒给我。它坚持五分钟应该没问题。"

我其实只是表现得很勇敢而已,心里却忐忑难安,而且,我绝不可能空手到黑暗中去。手电筒就快没电了，但微弱的光亮至少可以让我不被令人窒息的黑暗彻底包围。

道奇很不开心，我看得出来，但他还是把手电筒交给我，没有继续抱怨。我打开手电，一道细细的光柱投射到火光的照射范围外，这时候，我看到艾玛也站了起来。

"我也去。"她说。

我很惊讶，但我没有问她为什么。总算不用一个人去找柴火，我不由得松了口气。

刚刚试探性地离开安全的火堆那会儿，我们并没有说话。我的手哆嗦得厉害，弄得手电光也随之摇晃起来。我试图告诉我自己，我只是太冷了，没有了温暖的火焰，我就冻得直打颤，可真实的情况是我很害怕。不管我是不是相信我那套胸针幽魂的理论，我的心里都一直在打鼓。此时此刻，我身处黑暗中，远离别人，我的两个朋友离奇失踪，都足以让我深觉恐怖。

月亮躲在厚厚的云层后面，我们走出不远，明亮的火光似乎就只能成为记忆了。相比之下，微弱的手电光显得冷冰冰的，在它的照耀下，整个世界变得阴影重重。没有一丁点色彩，如同噩梦中的景象。我的牙齿开始打颤。为了盖过牙齿的磋磨声，我更加坚定地向前走去，走向远处的沙滩，我觉得我之前见过那里有柴火。

"你知道的，我们根本不可能离开这里。"在我们往前走的时候，艾玛小声说。

我瞥了她一眼，惊讶于她说这话时的严峻语气。

"什么？我们当然可以离开这里，艾玛。明天天一亮我们就走。"

"不，不行。"她不同意我的话，只是她的声音太轻了，不仔细听就听不到。我选择对她的话听而不闻。艾玛净说些怪话，这可不能帮我稳住手电光。

"快看，"我说着轻松地笑了，"柴火。"它们就在我以为的地方。

我把手电筒夹在腋下，腾出两只手，去抓那些柴火捆。艾玛没有帮忙，只是站在那儿，盯着悬崖边缘的岩石，海水拍打着我们最后一次看到马丁时他走过的小路。我坚决地背对那里，专注地干好手中的活儿。我一直望着道奇点燃的篝火，大约四分钟后，我即将返回那里。从这里看，篝火只有小小的一簇，我只能隐隐看到他蜷缩在椅子上的轮廓。

"艾玛，过来帮帮我好吗？"我有点不耐烦地问。我很想尽快回到温暖的火边。没人回应。我生气地转过身。要是她不想帮忙，那她来干什么？"艾玛？"我语气尖锐地又问道。

她的目光依然不在我身上，站在那儿一动不动，两只手垂在身侧。

"希瑟，"她低声说，"希瑟，你感觉到了吗？"

感觉到什么？我不禁打了个激灵。

"什么？艾玛，我什么都感觉不到。快过来，帮我拿木柴。"

她转身面对我。我用手电照她的脸，就见她伤感地笑了。

"风。"她说，"不刮风了。"

我知道她的本意不是指天气。我与她对视片刻，便匆匆忙忙开始捡木头。

"现在我们得赶快回到道奇那里。"我说着把最后一根木头夹在下巴下面。必须这么做。

"太迟了。"她喃喃地说。这会儿没有一点风声，所以她的声音清晰可闻。"听到海浪声了吗？"

"海浪还在原处。"我厉声道，否认了一个事实：我听不到海水轻轻拍打沙滩的声音了。"快点。"

她还是动也不动。

"艾玛！"

我迈步向火堆和道奇所在的地方走去，可不用转身我也知道，她并没有跟上来。我走了六步，便不得不停下。

她还在刚才的地方，目不转睛地望着岩石。

"艾玛！"

听见我呼喊她的名字，她甚至连眼睛都没眨一下。我站在原地，等待着，盼望着，一会儿过后，我不得不屈从于现实：她是不会走过来的，而我又不能丢下她。

"见鬼！"我咬牙生气地说。我把木柴放在地上，半走半跑地穿过沙滩。

"艾玛!"我走到她身边时又喊了一声。我一把抓住她的手臂,紧紧拉着她的羊毛衫,"快点,我们现在要回到道奇那里去。"没反应。"艾玛!"

我不耐烦了,也害怕事情很快将超出我的控制,于是,我又走了三步,来到她面前,走进她的视野范围内。她依然直勾勾地望着前方,仿佛她的目光能穿透我的身体。我的心开始往下沉。我还以为她恢复了,理智慢慢地回来了,可惜她并没有丝毫进展。

她张开嘴巴。"我告诉过你,我们走不出这里。"

我很惊讶,但我很快镇定下来。

"我们当然可以!艾玛,快点!"我用双手抓住她的肩膀,推她向后走。她没有抵抗,却依然不愿意自行走动。我就这么慢慢地推她向后走到木头边上。这会儿,我必须放手了,毕竟这次出来就是为了拾柴。"别动。"我松手时警告她。

她惊愕地看着我。这次她真的看到了我。只是看到她脸上的表情,我便再也无法弯腰去捡起木头了。

"它来了。"她说。

不管我对她的故事有多怀疑,不管我相不相信她说的"幽灵"是否真的存在,就在我被她的话震撼得难以自持的时候,我的疑虑全都消失不见了。我的大脑停止了思考,我的肺停止了工作。我的身体动也不能动,甚至都不颤抖了。恐慌和恐惧让我无法动弹。我有点糊涂了，因为艾玛一点害怕的样子都没有。她似乎……很平静，如蒙大赦的样子。

然而，下一秒，她如同换了个人。

艾玛仰起头，直视我头顶上方的天空。电光火石间，她瞪大眼睛，张开嘴巴，像是戴上了一张惊恐尖叫的面具。

我猛地转过身，搜寻漆黑的夜空，希望能看到是什么让她如此惊惧。我什么都没看到，但艾玛开始尖叫。

她的叫声久久不止，久到超过了艾玛需要呼吸的时间，我意识到，我听到的不再是艾玛的尖叫。是那个怪物。它在冲我们哀号。

然后，我看到它了。

漆黑的一团。没有脸，没有形状，只是一团黑影，比它后面的乌云还要黑，还要邪恶。比乌鸦和木炭还要黑。我分辨不出它的轮廓，它似乎与墨黑色的天空融为了一体。然而，我能看出它在动。速度很快。朝我们直扑过来，无声无息，却又尖啸不止。它没有眼睛，却虎视眈眈地注视着我，中心的幽深凹陷要将我吸进去。

我下意识地向后退，摔了好几个跟头，但我不敢将目光从它身上移开。我猛地撞到艾玛，我们的肩膀挨在一起。胡乱摸索之下，我的手指碰到了她那柔软的羊毛衫。我沿着她的手臂向下摸索，紧紧抓住她的手腕。死死握住。跟着，我转过身，我们一起向火堆飞奔。

"道奇！"我喊道，"道奇！"

这会儿又起风了。旋风在我们周围呼啸，吹散了我的声音，我知道他没有听到我的呼喊。我甚至都听不到我自己呼哧呼哧的喘气声，也听不到在我身边奔跑的艾玛的喘气声。至少她在与我一起狂奔。我死死握住她的手臂，决心不要和她失散。

我牢牢盯着前方，篝火即将熄灭的火焰吸引着我。看脚下没有意义；地面一片漆黑，手电筒被我丢在了柴火堆边上。再说了，脚下只有光滑的沙子。没什么会绊倒我们。

那我为什么还会栽倒？我为什么会摔倒在地，为什么重力这么快地扯着我向下坠？出于本能，我猛挥手臂，想要阻挡倒地的势头，而在我重重摔倒在丝滑沙滩上的时候，我不得已松开了艾玛。

"艾玛？"她是不是和我一块摔倒了？我看看我的左边，她应该在那里，可我什么都看不到。夜色更浓重了，四周像是笼罩在漆黑的迷雾中。狂风在我耳畔呼啸，黑夜与狂风交织在一起，夺走了我的感官功能。"艾玛！"我伸手向前摸索，盼着能摸到她。

有两只手抓住了我，手指与我的手指交缠在一起。艾玛的手很冷，却向我传递着温暖。我将自己扯向她的方向，我们靠得那么近，几乎是脸贴着脸，她那张惊恐的脸在黑暗中显现出来，面色惨白如纸。

"那个东西在什么地方？"我大声叫道。我的呼喊声本可以令她震耳欲聋，但此时我的声音仅能勉强传到她的耳畔。

她晃晃脑袋。她的目光落在我身后，来回探寻着，不过我觉得她什么都看不清。我知道我也看不清。

幸好我的肺部又开始伸张，呼吸也随之渐渐恢复。我张大嘴巴，用力呼吸。

"我们必须回到道奇那里。"我叫道。

他在不到一百米开外的地方遇到了什么？不知道为何，感觉好像我和艾玛被困在了一个气泡里，好像只有我们所在的地方刮起了邪恶的风暴。

艾玛站起来，冲我点点头。她依旧拉着我的手，一用力，拉我站起来。

"我看不到它了。"她在我耳边尖叫着说，"我什么都看不到。"

风更大了，从四面八方向我们吹来，如同在推搡我们，让我们动弹不得。我的头发在面前疯狂舞动，我不得不猛吸气，不然就会喘不上气。我转身看向我印象中营地所在的地方，寻找那一道火光，而我此时已经彻底迷失了方向。

"是那边吗？"我用一根手指指着问。我此时根本无法抬起手臂。

我看到艾玛耸起肩膀。她松开我的手。抬起手臂。搂住肩膀。张开嘴巴，动动嘴唇，像问了一个问题，迷惑不解地皱起眉毛。

接着，她动起来。向上飘去。渐渐远离我。向上飘去。

她意识到发生了什么，与此同时，我也明白了过来。我把手伸向她，她也把手伸向我。我尖叫起来，她也在放声大叫。我们摸索到对方的手指，紧紧拉在一起。艾玛的指甲狠狠掐进我的指关节，我感觉我的皮肤都被抓破了。在她被卷走的时候，我的手被她抓出了深深的血洞。

"不要！"我纵身向前扑过去，死死抓住她的羊毛衫和牛仔裤。可她依然从我身边被拉走。最后时刻，我依然在尝试抓住她，我用力把她的双脚夹在我的胳膊下面，抱紧她的双腿。她越飘越高，到最后，我只是脚尖着地。跟着，我也被拉到半空中，我不由得抱她更紧了，可艾玛疯狂地扭动身体，几乎不可能抱住她。

跟着，有温暖湿润的东西落到我的脸上。惊讶之下，我向后仰起头，手上一松，艾玛不断踢蹬的脚便从我的手里滑开，紧跟着我掉了下去。我摔向地面，她却违反自然规律地被卷到了空中。

## 22

  我不知道我是从多高的地方跌下来的,只听一声沉闷的扑通声,我便落到了地上。在巨大的冲击力下,足足五分钟,我都喘不上气,而有那么一会儿,我什么都做不了,只能躺着不动,已然手足无措。我的脸贴着沙子,细小的沙粒沾在我的睫毛和嘴唇上。但我并没有注意到。

  艾玛。我依然喘不上气,却还是挣扎着站起来。我在原地转了个圈儿,寻找她的踪迹。不过我知道她消失了。

  狂风减弱成了微风,黑暗消散。不远处的火堆清晰可见,浅灰色的乌云在我头顶上方翻动。到处都看不到艾玛。

  "艾玛!"我一次又一次地呼喊艾玛的名字,却只是对着空荡荡的空气大叫。

"希瑟？希瑟，出什么事了？"

是道奇。我看到火光映衬出了他的轮廓。我看着他迈出一步，两步，三步。他远离火焰，走进黑暗中。

不要！我飞奔起来。我不要他离开安全的篝火。他看到我向他猛冲过去，便停下来。

"道奇！"我甚至都没有尝试让自己停下，一下子就扑进了他的怀里。他被我撞得有些趔趄，却还是稳住我们两个人，不自觉地用手抓住我的手臂。"道奇，是真的！"

"什么？"他低头看着我，迷惑不解地皱起眉头，"什么是真的？希瑟，艾玛去哪儿了？"

"你没看到吗？你没感觉到风吗？"

他没有回答我的问题，只是轻轻晃了晃我。他压低身体，与我平视，深深地注视着我的眼睛。

"希瑟，艾玛呢？"

我咳嗽两声，哽咽起来。"她消失了！"

"消失？什么意思？希瑟，别胡说了！"

他又摇晃了我一下，变得激动起来。他的举动并没有让我冷静下来，只是让我的眼泪更快地流出眼眶。我开始号啕大哭，喘着粗气，小声嘟囔着。我的双手抓着他的胸口，可怜地寻找慰藉。我希望他能抱抱我，他却拉开我们之间的距离。我知道他想要什么：一个解释。但我说不出话来。

可我还是尽量开口,却只能抽噎着说出断断续续的胡言乱语。

"艾玛消失,她消失了。那个东西……她说过的那个东西,是真的。我看到它了。它向下扑过来,它……它……抓走了她。我试着去阻止它,可它太强大了。"

道奇只是目瞪口呆地瞪着我。

我看向海滩,此时它是那么静谧。我能看到丢弃的手电筒发出的细小光芒,我们找到的木头也丢在那里。险恶的氛围不见了。恐慌,紧迫,恐惧,统统消失了。只有海滩。普普通通的海滩。

我扭头看向道奇。

"你没看到吗?"我又问了一遍,这会儿,我稍稍镇定了下来。火光照耀着我,道奇在我身边,整件事又显得特别怪诞。可我看到了,感觉到了。而且,艾玛消失了。

"我什么都没看到。"道奇说,他看起来非常苦恼。"我看到你们两个走了过去,然后就看到你们飞快地向回跑。再后来,四周陷入了黑暗,我想是手电筒没电了。我等了半天,你们还是没回来。然后我就听到你们在叫。"

"那风呢?"我追问。

"什么风?"

此时风平浪静,微风连我肩上的碎发都吹不起来。

"三分钟前刮的飓风呀?"我坚持道。

这片海滩很小。怎么可能一百米外发生的事儿,道奇却感觉不到？

"希瑟，没有狂风。"道奇肯定地说，"艾玛去哪里了？"

我已经告诉过他了。我说了两次。

"她消失了。它把她抓走了。"我说，"道奇，那个东西凭空出现，抓走了她。就好像她说过的达伦消失时的情形一样。是真的！"我喊出最后几个字，看到他脸上写满了不置信。

"好吧。"他说着无奈地举起手，表示投降，"好吧。"

然而，他还是不信我。他八成只是担心我又要尖叫哭闹了。我一下子怒不可遏，猛地转过身，绕着篝火踱步起来。我捋捋头发，感觉到旋风把我的头发吹得乱七八糟。我觉得此时我已经不在乎外貌了，却突然觉得很尴尬。我瞥了道奇一眼，从衣兜里拿出一根皮筋，胡乱把头发挽成发髻。然后，我又开始踱步。

我们现在该怎么办？这片海滩并不安全。那个东西随时都可能卷土重来。面对一个能呼风唤雨、把人吸走然后凭空消失的怪物，一堆就快灭掉的火能提供多少保护？

可若是离开……离开就意味着要进入黑暗。

我坚决反对这个选择。那里潜藏着未知。我们到时候什么都看不见，我还弄丢了手电筒。我想象着这样的情形：我们摸索着来到停车场，爬上小山，漫无目的地在黑暗中游荡。等待救援。等待黎明。等待怪物来袭。我不由得哆嗦了一下。

我们必须待在这里。

我转身看向道奇。他站在那儿，双臂抱怀，望着我。我看不懂他脸上的表情。过了一会儿，我才明白这是因为火光减弱了，火越来越小。我看看左边放柴火的地方。一根都没有了。

"对不起，我没把柴火带回来。"我用嘶哑的声音说，"我找到了。我都把柴火抱在怀里了，但是——"

"别管柴火了。"道奇很快说。

"可是火……"我指指此时就快熄灭的火焰。

道奇看向手电筒发出的光点。"你把手电筒掉在什么地方了？"他问，"是那里吗？"

"你不能去拿。"我说，直接回答了我知道他下面要说的问题，"不能去。我们得留在这里，在篝火边上，哪儿也不能去。"

毕竟，此时火焰还在燃烧……

道奇烦躁不安，依然瞟向那个光点，并没有注意闷烧着的灰烬此时只剩下一堆红黑色的混合物。

"那里不安全。"我说，"道奇！"我等他看着我，"那里很危险。"

现在只剩下我们两个了，我们没有理由再分开。而我就是死也不愿意再到那里去。

他依然不相信我，侧着身，一只脚伸在前面，像是在考虑该不该逃之夭夭。

"你觉得我是在编故事？"我小声说。这话引起了他的注意。

"不是。"他立即道,"不是,只是……希瑟,如果那里真有一个东西,那你怎么知道它怕火呢?"

我不知道。可不知怎的,我能感觉到。反正就是这里感觉更安全。起码在它来的时候,我们能看到。

"求你了,别丢下我。"我小声说,"求你了。"

我在椅子上坐下,表现得很明白:我哪儿也不去,还用祈求的眼神看着他。他显得很苦恼,又看了看此时在闪烁的手电筒,像是它在呼唤他。跟着,他回头看着我。我维持镇定的表情,紧咬下唇,免得它不停地哆嗦,我还猛眨眼,阻止更多泛滥的泪水顺着脸颊向下流,用眼神请求着。

"希瑟……"

"我们可以把衣服拿来烧。"我说,"还可以烧睡袋。帐篷也可以——"反正我这辈子都不会再出来露营了,"只要……只要留在这里。"

道奇向我走了一步,一副忧心忡忡的表情。他回头看了一眼,手电光闪烁几下,像是在发射紧急求救信号,接着便熄灭了。整个海滩笼罩在浓重的黑暗中,再也看不到那些木头在什么地方。去拾柴不再是一分钟就能完成的任务。四周那么黑,根本不可能做到。这个变化对我有利吗?

道奇叹口气,我屏住呼吸。我看着他一瘸一拐走到篝火边上,将两只手都放在最后一点火焰上方。火光太暗了,他的脸几乎都笼罩在黑暗里，双手却被照得通红。

"不能烧睡袋。"他小声说，"它们可是用防火材料做的。"

我暂时取得了胜利，不由得咧开嘴对他笑笑，他也笑了，只是有点沮丧。

"还是先烧衣服吧。"他说。

把其他人的衣服丢进闪烁着幽暗光芒的余烬里，感觉很糟糕，但我们还是那么做了，并且保证会给他们买新的。我还开玩笑说，在烧掉艾玛的衣服前，最好看看是什么牌子，省得她让我们赔给她名牌货。假装他们安然无恙，假装他们一定会回来，会感觉好过一点。

火苗太小了，我们只好把打火机油倒进去，这才把衣服点着。衣服一点着，就燃烧得很快。道奇只得不停地倒打火机油，才能维持火焰不灭。我不知道瓶子里还剩下多少，可每次他向火焰倾斜瓶子，都有机油洒出来。

"想不想听点有意思的事儿？"他问，机油燃起了更多的火苗，暂时照亮了他的脸。

"什么？"我问，还笑了笑，算是呼应他那紧绷尴尬的微笑。此时此刻，我想象不出还有什么有意思的事儿。

"我本来希望这次出来过生日——"我哈哈笑了出来，他只得住口，"怎么了？"

"我都忘了今天是你生日了。"我说，"我还给你带了礼物呢。"

他笑了。"你的礼物是不是很棒?"

"是本书。"我说,"一本教材,讲的是化石。"我忧郁地笑了,"我想我们可以把它烧了,就放在我书包里呢。"

"不要烧。"他柔声说。接下来是一阵沉默。我看着冒烟的火焰,又看看道奇。他正看着我,样子有点怪。

"你本来希望是什么?"我问,希望说话能掩盖我感觉到的尴尬。

叫我惊讶的是,他竟然害羞了。

"我本来希望,也许有了满天星斗,再加上明亮的火光——"他哈哈一笑,"或是喝了酒,我希望,或许我和你……"他并没有把话说完。

我惊诧地望着他。

"或许不行。"他喃喃地说,有点难为情。

我试着重新换上一副表情,只是我的表情定格在了那副丑样子,弄得道奇彻底误解了我的反应。

"真可惜被那个怪物搅和了。"我终于让我的声带恢复了功能,却没办法表现出我想要表现的那种轻快的玩笑口吻,"不然的话一定会很美好。"

不止是美好。一定会令人终生难忘。

他看看我,对我笑了笑。我也对他笑笑。此时此刻,幸福正在溶解堵在我胸口的寒冰，我不知道我会不会因此下地狱。

"把你的手给我。"道奇伸出右手，手心朝上，当我把手放在他的手中，他将我们两个都从座位上拉了起来。沙滩崎岖不平，我们晃了几晃，我不确定是道奇失去了平衡，还是我的重心不稳。不过不要紧，他用手轻轻揽着我的腰，突然之间，我的注意力只能放在这一件事情上。

"我早就该这么做了。"道奇告诉我，跟着，我还没想到该怎么回答，他就吻了我。他用炽热的唇贴着我的唇，双手先是搂着我的腰，然后沿我的手臂向上移，最后捧起我的脸。

他在吻我。

他的唇软软的，舌头在我的口中探索。到处都是那么炽热。我周围的空气似乎随着这份热度而闪闪发光。

我的理智在大声提醒我，不该这样，毕竟我们的朋友都不见了。有个邪恶的东西潜伏在黑暗中。然而，我需要道奇的吻，正如我需要呼吸。

压力太大了。气氛太紧张了。我需要做些事情来缓解这份压力。我们都是如此。

良久，道奇终于向后退开，依然用双手温柔地捧着我的脸，说了什么。我看到他的嘴在动，却听不到他说的话。

"什么？"我问。跟着，我意识到他可能也听不到我的声音。因为，起风了。

起风了。

"道奇！它来了！"我低头看了一眼篝火。这会儿，火苗又弱了，火焰都蹿不出我们挖出来的那个很浅的火坑。"快点，得把火烧旺才行！"

道奇慢慢地做出反应。他眨巴眨巴眼睛，愁容满面，我这才注意到他的脸色蜡黄，眼窝凹陷。似乎他又开始发烧了，而我直到此刻才发现。缺乏睡眠，缺少食物，压力过大；他的身体又开始发热。

他松开我，慢慢地走了两步，俯身看我们从帐篷里找来的一堆可以用来烧火的东西。剩下的不多了，只有几双卷起来的袜子。

"只有这些了。"他说着把袜子扔进火堆。一开始，袜子并没有烧着。我注意到风越来越大，便在火焰中心倒了点打火机油。这稍微起了点作用。我抬头看道奇，只能隐约看到他的脸，以及片刻之前我刚刚吻过的唇。

不过已经不容我细细思考了，因为在道奇身后，有一个东西正从天而降，速度比俯冲下来的乌鸦还要快。是一团黑影，半掩在用来伪装的云层后面。是那个怪物。我惊恐地张大眼睛，可劲风刮来，吹得我的眼睛生疼。它的速度有多块？时速一百英里？两百？快到我都看不清它在动。

它的速度太快了，我们根本逃不掉。

道奇在看到我的表情后张开嘴，但他来不及问出任何问题。就这样，我眼睁睁看着巨大的爪子紧紧抓住他的肩膀。我看到痛苦、震惊和恐惧出现在他的面孔上。

"不要，不要，不要！"我不能失去道奇。我伸出手臂死死搂住他的脖子不放。他用手钳住我的腰，手指掐进我的屁股，我感觉疼痛难忍。有什么东西在抓挠和拉扯我的脸和头发，但我把头扭开，躲在道奇的肩膀后面。我死死搂住道奇不放，抓住他的T恤衫。我绝对不会松手。

我不要像失去艾玛那样失去他。

我们都被拉到空中，我感觉到了向上提升带来的压力。我猛踢双脚，希望可以踩到地面，但我的脚下空无一物。唯一支撑我的东西便是空气，以及我拼命抓住的道奇。我搂住他脖子的力道那么大，肯定弄得他喘不过气了。

"希瑟！"他在我耳边喊道。

我无法回答他。我必须集中全部注意力，才能抓住他不放开。我太重了，引力似乎加大了一百万倍，拼了命要把我拽回地面。我们每升高一英尺，我就越难坚持下去。

但我绝不放手。

就在这个念头划过我的脑海之际，幽灵使劲儿扯住我的头发，向后一拉，力道足以扯断我的脖子。我再也控制不住。我的求生本能发挥了作用，大脑接管了我的身体，我的手指一根根松开。

我重重跌到地上，这时候我依然在抵抗这种本能，想要再去够道奇。只是太迟了，我的手抓了个空。

我落到地上。在冲力之下，我不得不蹲伏下来，我抬起头，姿势如同一只猫，眼睁睁看着道奇那猛踢的双腿越升越高。那个怪物拉着他，向大海飞去，距离我越来越远。

不要。不要，不要，不要！

我该怎么办？我疯狂地看向四周。每过一秒钟，道奇就离我远一点。只剩下我一个人了，恐惧在我的胸膛里积聚。

"你想要什么？"我对着天空大喊。

有什么是它想要的？它可能想要什么？祭品？用我们的性命来平息它的饥渴？献给邪灵的祭品？

祭品。我不就有一个吗。祭品。我一边骂自己太蠢，一边把手伸进衣兜。我的手颤抖得厉害，费了很大力气才把我想拿的东西拿出来。

"给你！"我挥舞着那枚胸针大喊道，"给你！你是不是想要这个？过来拿呀！快点过来拿呀！"

这一招奏效了。那个怪物咆哮一声，道奇的身体随之落了下来。他没有掉在我脚边相对柔软的沙滩上，而是摔到了附近的岩石上，还发出一连串令人毛骨悚然的嘎吱声。他躺在那儿一动不动，一半身体泡在海水里。

没时间跑过去看他怎么样了。我的英勇壮举取得了预期收效：我成功地救下了道奇。与此同时，我也把自己推到了风口浪尖上。

我往后退，目光牢牢定格在那个向我俯冲过来的怪物身上。胸针依旧被我攥在手里，微微扬起，清晰可见。我把它藏在后背。我也不确定要做什么。我不知道如何毁掉这枚胸针，也不知道这么做是不是有帮助。我唯一想到的事就是摆脱它。

我慌里慌张地深吸一口气，转过来，发足狂奔。我跑过火光闪闪的余烬，心想，那东西的爪子随时都有可能抓住我的后背，把我扯向空中。风声在我耳边呼呼响，昭示着那个怪物就在后面。我看着黑暗，希望能找到武器，或是逃跑路线。但我两样都没找到。

风势越来越大。我的后脖颈感觉到针扎般的疼，仿佛那里能感觉到危险的存在。我吓坏了，无法清晰思考，我做了我唯一能做的事：我凝聚起浑身的力量，把胸针扔了出去。四下里伸手不见五指，黑暗比以往更令人窒息，可胸针似乎散发出了光芒。我看着它划出弧线，坠向地面。我根本就没把它扔出去很远，甚至都没扔进海里。结果圆盘在空中旋转几周，穿过半圆形的入口，飞进了道奇的帐篷。它落在睡袋之间，我看不到它了。

现在该怎么办？胸针还在这里，距离太近了。但距离又很远，我无法去把它取回来。要是我到帐篷里去，就出不来了。毕竟怪物就近在咫尺。我无助地望着前面，绝望地期盼着胸针能神奇地自己出现，飞远，把怪物引走。

我的双眼牢牢盯着前方，双脚一直在跑。我没有看到那个洞，就是我坐在火边等待时用我自己的脚挖出来的洞。我的脚踝狠狠地扭了一下，我的腿随之一弯，只听扑通一声，我摔倒在沙滩上。

我的心停止了跳动。我很快吸了一口气,耸起双肩,闭上眼睛。等待着。

尖厉的飒飒声响起,幽灵越来越近了,近到好像就在我的左耳边发出嘶嘶声。但是那个响声从我身边划过。一个黑影遮住了这个世界上的所有光亮,但刹那之后,黑影就移开了。向帐篷飞奔而去。向胸针飞奔而去。

我没有停下来去好奇。我扶住椅子,慌忙站起。道奇那件柔软的羊毛罩衫依然搭在椅子扶手上,这会儿滑到我的手上。我先是看看它,又看看火堆。我看到打火机油就放在一边。嘀嗒。嘀嗒。嘀嗒。一个计划在我的脑海里形成了。

我一挥手臂,把罩衫丢进火里,只是抓住罩衫的袖子。这会儿火就快灭了,但我抓起打火机油,使劲儿向外倒。结果它喷到沙滩上,我的衣服上,我的手上,但有足够的液体淋到了闷烧的余烬上,罩衫很快就着了。

"太好了!"

我转过身,冲向帐篷。风更劲了,被风卷起的飞沙吹到我的脸上,我什么都看不到。我拉着着火的衣服,继续往前跑。我一口气拉开帐篷门的拉链,将剩下的打火机油都淋在篷顶。

我不知道那个怪物是不是在里面。我看不到它,也听不到它的声音。可那枚胸针在里面,我必须认为这表示那个怪物就在附近。

我抡起罩衫,将着火的一端猛挥到帐篷一侧。

着火的衣服一触到闪闪发亮的帐篷织物,火焰就蹿了起来。火焰令人目眩,吞噬了整个帐篷,火苗直冲天际,如同十几条蠕动的毒蛇。这会儿,除了火焰的怒号声,又出现了一声痛苦的嘶嘶声。嘶嘶声加剧,变成了咆哮,化为了尖厉的叫声。叫声达到了顶峰,似海浪般接踵而至,震耳欲聋。这是将死之际才会发出的声音。

是那个怪物。

很好。去死吧。正合我意。

我向后退,远离这叫声,远离那令我皮肤灼痛的热度。我退后一米,又一米,那叫声在渐渐变小。但热度没有减弱。反而加强了。我的脸发烫,不过热度的来源在较低的地方,蔓延过了我的腹部。有火在燃烧。火势猛烈。痛苦不堪。

我身上着火了。我刚才把一些打火机油喷到了罩衫上,这会儿,火焰吞没了我的衣服。刚才,帐篷着的火太亮,我没注意到自己身上的小团火,但此时我注意到了。我尖叫起来,在原地跳动起来,用手去拍打火焰。火焰反扑过来,我不得不一次又一次地去拍打我那烧焦的衣服。每过去一秒钟,我都能感觉到热度在炙烤我的肉体。一股令人恶心的气味升起,有尼龙衣服上的塑料燃烧发出的气味,还有一种和食物很像的气味,这两者混合在一起。是我。我不由得一阵恶心,用我赤裸的手更用力地拍打腹部。

我终于取得了胜利。破破烂烂的衣服垂在我身上，冒着烟，从烧出的大洞可以看到里面的T恤衫。T恤衫也被熏黑了，不过我没去理会。我的注意力都在我的那只手上。或者说，那个东西本该是我的手才对。我把它抬起来，借着依旧在猛烈燃烧的帐篷发出的火光看过去。那只手只剩下骨架。皮肤和肌肉都烧没了，只剩下肌腱和带血的骨头。我尝试弯曲手指，结果疼得手臂直哆嗦。我什么都感觉不到。只有疼痛。滚烫的疼痛，火辣辣的。疼痛感贯穿我的整条手臂，直冲大脑中心，在那里跳动着，像是警报器直响。我的眼前一片光亮，边缘则是黑的。跟着，我的整个身体停止了运转。

# 23

## 现 在

这会儿,我哭了。没有必要掩饰了,我甚至都没尝试去掩饰。就让彼得森医生看看吧。让他看看,让他以为他赢了。我才不在乎。

我还以为我都忘了恐惧、恐慌和无助感是什么了。我还以为我将它们深深埋葬,它们再也不能伤害我了。但我并没有做到。冰冷的血液在我的血管里流淌,脉搏怦怦跳动,肾上腺素飙升,汗毛直竖。我感觉到了。和以往一样强烈。

我哽咽着吁出一口气,这才意识到我一直都没有呼吸。我的双手紧握在一起,惨遭蹂躏的右手则在尖叫着抗议。不过我似乎无法将双手分开。

我抬起头，彼得森拼命要让我流出的泪水此时就在我的眼眶里打转。现在该怎么办？

他诧异地注视着我，我不知道我是不是发现了真正的他。他看起来有点……迷惑。仿佛他头一次在琢磨我说的也许是真话。一年多了，我头一次感觉到了一丝希望。

但这一刻眨眼即逝。我们又恢复到了从前的样子：他满心怀疑，高高在上；我依然是疯子一个。

"是你干的，希瑟。"他轻声说，目不转睛地看着我。

我没有回答，但我蹙起眉头，这明显表明了我的立场。

"是你干的。"他重复了一遍，"是你杀了你的朋友们。"

不要有任何反应。不要。我控制住自己的脸，刚好来得及阻止它露出痛苦和愤怒的表情。

我知道他是这么以为的，我当然知道。从他的眼睛里，从他的嘴唇里，我能看得出来。但听到他这么说，我依然痛彻心扉。每一次都是如此。

但彼得森医生并不打算就此住手。他继续用毫无感情色彩的声音轻轻说话，仿佛是在尝试将我引入恍惚的状态；仿佛他是个催眠术高手，要将这个真相，这个不实的"真相"植入我的大脑。

"你杀了他们。马丁，达伦，还有艾玛。你谋杀了他们。勒死了马丁和艾玛，淹死了达伦。"我刚要摇头否认，他就抬起一只手，阻止我，"他们找到了尸体，希瑟。找到他们了，尸体半埋在石冢里。

而且看尸体的样子,一点也不像是从很高的地方摔下来,或是被巨大的爪子抓过。验尸报告称三具尸体的脖子上都有瘀痕,证明死因是窒息。"彼得森停顿一下,确定我的全部注意力都在他身上,"如果你不是因为烧伤昏了过去,是不是也要把道奇杀了?"

烧伤。

听到这个词,我不禁蹙起眉头。炽热的火焰,灼烧的痛苦,把一切都烧成灰烬。有时候我在夜里惊醒,有那么一刻,我总是心惊胆战,以为我依然身在大火之中。然后,我就会尖叫不止,直到走廊里传来咚咚的脚步声,一连串咔嚓声后我的病房门被猛地推开,看护鱼贯而入。

但听到道奇的名字,我终于从水深火热的回忆中挣脱了出来。愤怒让回忆不再痛苦难当。我永远也不会伤害道奇。永不。我盯着彼得森医生,眼睛一眨不眨。他有点惊讶,沉默在继续,继续……

继续。

继续。

终于,他叹口气,向前探身。他伸出一只手,看样子是要抚摸我,却还是决定不这么做,他只是手掌平放在光滑的木办公桌上。很好。要是他敢用哪怕是一根指头碰我,我就会在守卫过来制住我之前,把他的手指头掰断。

"你杀了他们,希瑟。那些都是你的朋友。你把事实真相埋藏在内心深处。承认和接受它是治疗过程的一部分。"

他缓缓地吸了一口气。我强忍着，才没有对他吐口水。

"我希望你把你的所作所为对我讲一遍。我希望你告诉我，你夺走了三个朋友的生命，并且谋杀第四个未遂。我希望你说，你是故意这么做的，并且试图把尸体藏起来。承认吧，希瑟，我们可以开始深入这个话题了。"

没门。

我第一次听到这个版本的时候，是在医院里。普通医院。我被绑在病床上，我估摸这是为了不让我动，进而碰到伤处，而且，我的鼻子里插着管子，我的手臂里也插着管子。我的右手打着绷带，一直缠到手肘处。我太累了，就好像要透过大雾看世界似的。我注意到有个警察站在我的病房外面。我是注意到了，但我不知道为什么会有警察。当时还不知道。

几天之后，我才可以清醒比较长的时间，与别人谈话。之后，一个穿西装的人来见我。他问我发生了什么事，我对他讲了。他听完便走了，后来又来了一个人。我当时还不认识他，不过从那以后，我至少每周都要见他一次。彼得森医生问我出了什么事，我也对他讲了。他并没有像那个人那样听得直皱眉，反而笑了，从头笑到尾。我还记得我当时觉得这个人真怪。

跟着，他给我讲了他的版本，我在其中是个主要角色。

在彼得森的版本里，我把马丁骗出营地，引诱他到了石冢，那里非常安静，无人打扰。然后，我灌他喝酒，他喝多了，不省人事，他刚一失去意识，我就用手卡住他的喉咙，勒死了他，用力地勒。

然后，我将尸体埋在石冢里。

回到沙滩上，我为马丁的失踪找了个借口搪塞过去，藏起了他的东西，还祝贺自己干得漂亮。可达伦和艾玛看到我和马丁一起离开，便起了疑心。于是，我便杀死他们灭口。

谋杀一个人演变成三条人命被害。

后来，我慌了，就在帐篷上淋了汽油，一把火把帐篷烧了。结果我的手也溅上了一些汽油，和帐篷一起着了火。这是我唯一承认的一部分；就算看不到白色绷带下的伤处，我依然能感觉到被烈火灼烧的痛楚。道奇那时候病了，在另一个帐篷里昏倒，所以不知道我干掉了他的三个朋友。后来，他试图阻止我，我就用石头把他砸晕。我的力道太大，甚至都砸碎了他的头盖骨，导致他昏迷不醒。然后，我在杀死他之前，没扛住手上的疼，也昏了过去。

这个故事。这个故事被转述给了我的父母，在法庭上也被重述一遍。

这个故事变成了真相。对所有人而言，这都是真相，只有我除外。

"我为什么要这么做？"我问，无意中说出了心里的想法，"我为什么要杀掉我的朋友们？"

彼得森医生吃了一惊。毕竟我一向都对这个故事不感兴趣。他飞快地写着什么,来掩饰他的开心,跟着,他打量我。

"你知道为什么,希瑟。是好奇心在作祟。"我惊诧地盯着他,"死亡。你对死亡着迷了。你想要目睹死亡,想要见证生命的流逝。你想要扮演上帝,体会拥有无上的能力是什么滋味。"

我不知道该说什么,不知道如何答复。彼得森医生的话让我震惊到了骨子里。

我一言不发。

嘀嘀嗒嗒。嘀嘀嗒嗒。

这次的谈话结束了。我只是盯着时钟,到最后,彼得森别无选择,只好也去看我看的东西。他的五官皱成一团。时间到了。

"我们下次接着谈,希瑟。可我希望你好好想想我的话。你知道真相如何。它就在那里,就在你面前。抓住它。帮帮你自己。"

我确实在帮我自己:帮我自己从椅子上站起来。跟着,我背对彼得森和他的故事。守卫为我打开门,一股冲动突然自我心中涌起:我要跑。我明白我其实哪里也去不了,但我无法忍受继续留在这个房间里哪怕是一秒钟。就连百万分之一秒都不行。

我早已练习过,所以强忍住这愚蠢的冲动。我镇定地走出大门,走过依旧在嗒嗒打字的海伦身边。在我经过的时候,她并没有抬起头来和我打招呼。

我的太阳穴跳动着,隐隐作痛。在过去的两个小时里,我一直处在紧张的情绪下,脑袋就像一直被老虎钳夹住似的。一向都是如此。我知道这头疼将持续一整夜,如果我细细思索我们会面时说过的话,如果针对彼得森医生刻在我脑海里那些想象出来的故事,我假装报复性地吼出我的回复,我的头疼就会持续更久。一般而言,我会尽快忘记谈话的内容,可我知道,今天我是做不到了。

这都是因为他说到了道奇。这让我痛苦不堪。我觉得或许他可以和我一起熬过这个噩梦……我无数次盼望能见到他。我要求过,他们当然不会答应。我只知道道奇在医院,有哔哔响的机器监控他的呼吸和心跳。他肯定还在那里。没人对我讲起这件事,但我就是知道。不然他们准会关掉他的治疗机器,让他死去。那样的话,我的名下就挂了四条人命了。

我缓缓地穿过走廊,橡胶底帆布鞋走在极其光洁、仿大理石油毯上,吱吱直响。我环视四周,确定没有人在看我。然后,一瞬间,我闭上眼睛,祈祷着:

我需要道奇赶快醒过来。

我需要他醒过来,告诉彼得森医生,告诉我母亲和所有人,我不是凶手。

我需要他醒过来,带我离开这里。

## 24

**曾 经**

  我是坐轮椅出院的。与其说是我走不了路,还不如说是人们不希望我走。因为如果我能走,我就会逃跑。我其实根本跑不掉,但似乎没人愿意冒这个险。

  我很迷惑。我的心很乱,也很害怕。我把发生的事都对他们讲了。我都数不清我讲了多少遍了。可这似乎还不够,而且弄得别人很不开心。我也很孤独。我的父母到那个单人小病房里看过我几次,但我见到那个笑眯眯的男人的次数越多,我见到他们的次数就越少。而现在我知道那个男人是彼得森医生。

  我被送上一辆汽车的后座,那辆车有点像救护车,也有点像囚车。车里有一张类似手推车的床,上面挂着很多设备,不过为我推轮椅的男人——一直沉着脸,穿着洁白无瑕的白衬衫——倒着把我推上坡道,把轮椅推到另一边车壁的专用空间里。只听一连串的咔嚓声,他把轮椅固定好。就在我对面,床边栏杆的正中心有很多圆环。其中一个圆环上垂下一副手铐。就是在这个时候,我第一次感觉到有冰块卡在我的胸口。我右边的门砰一声关闭,引擎启动,我感觉更多冰块压在了我的胸口上。出什么事了?

我扭动脖子,看着那个人。这是我唯一可以移动的身体部分,因为我被一个安全带式的装置绑在了轮椅上。他坐在一个凹背单人小座椅上,活像个不苟言笑的空姐。

"我们要到什么地方去?"我问。

在今天这种情况突然发生之前,我从没问过任何问题。这一刻,我还在床上,勉强吃下医院里不冷不热的早餐;下一刻,我就到了轮椅上,飞快地穿过走廊,乘坐直梯到楼下,穿过大堂……

"你要被转移到另一个地方。"他说话的时候一直看着手表,避免与我有眼神接触。他很紧张,他那僵硬的姿势让我越发不安起来。

"噢。"我说,"为什么?"

这时候看护员扭头看着我,可他的眼神很警惕,表情令人费解。

"不知道。"他说。

我才不相信他。

"我要被转移到什么地方?"

他又一次转过头去,不再看我,对着对面床上折叠整齐的床单说话。

"到达之后,彼得森医生将回答你的所有问题。"

为什么现在不告诉我?我尝试放缓呼吸,可感觉好像这个逼仄的空间里没有足够的氧气。我拉扯一下勒住我前胸的带子,不过我胸口发紧,可不是因为这个。我看看车门,急切地盼着它们能打开,但轮椅随着汽车轻微摇晃,我知道车子还在行驶中。

"要多久才能到?"我问,我的声音很嘶哑,喉咙哽着,很难说出话。

"很快。"看护员道。

这是我们最后一次讲话。我没戴手表,没办法计算过了多少时间。我只好用好手的手指飞快地敲打我的膝盖来消磨时间。虽然缠着绷带,我的另一只手也想加入,只是带子太紧了,勒得我特别疼,没有空间让我移动哪怕是一毫米的距离。我只好不停地摇晃手臂,算是将就了。

等到车门终于打开的时候,我几乎都来不及看一眼周围的环境,就有两个穿着和车上那个看护员一模一样制服的人挡住了我的视线。他们径直走到轮椅边,打开车壁上的固定装置。

"一路上还顺利吗?"其中一个问。

我还没回答,随行的看护员就说话了。

"很顺利。法庭准备好了所有文件,很简单就出院了。"

法庭？他们在说什么？

"这里是什么地方？"我问，希望能扭过头看看门外的情形。但他们转过轮椅，倒着把我推下车，十秒钟后，一条宽车道映入眼帘。周围有一道很窄的草坪，修剪整齐，但吸引我目光的则是又高又坚固的金属栅栏，顶部尖尖，充满了威胁。我刚看了一眼这个吓人的围栏，他们就又转动轮椅，这下我终于看到了那栋建筑。

大楼看起来并不像医院，有点像学校，也有点像办公楼。窗户倒是有很多，却看不到有像入口的地方。一个看护推着我向大楼走去，我看到了一扇小门，在这么多玻璃之间，它很不起眼。我意识到这并不是前门。我要走后门。不知道为了什么，这加剧了本就在我心里翻腾的焦虑感。

"这里是什么地方？"我又问。我觉得他们并不会回答，而他们也没有叫我失望。

来到大楼里，我发现自己到了一条很短的走廊。我们在一扇门前停下，门上有一扇小窗，只是太高了，我看不到里面。我的左边有一扇大一点的窗户，窗后坐着另一个看护员，很像是银行里的出纳员。

"希瑟·肖尔？"他问。他问的也不是我。

"是的。"我身后的看护确认道。

只听哔哔一声，门开了。三个看护员中的一个伸出手，拉开门，我看到了另一道走廊，两侧有很多关着的门。我们走到走廊尽头，穿过第二道门，这次，一个看护员拿出一张通行卡，在墙壁上一个不起眼的面板上一扫，我们就过去了。门后面是更多条走廊和更多扇锁上的门。我没有费力去从周围这几个人嘴里了解更多信息，而是越来越警惕地等待着。这个地方到底有多大，为什么需要这么多安全措施？

在来到又一扇门后面的时候，我在新环境中的沉默漫游终于结束了。不知道为什么，我就是知道这里是我的目的地，尽管这扇门与其他门没有区别。我从外面能清楚地看到巨大复杂的锁，可当一个看护员伸手扭动门把手的时候，我惊讶地发现这扇门悄无声息地打开了，锁已经开了。这是迄今为止我所见到的唯一一扇没有上锁的门。

我立刻就明白了其中的原因：房间里有人。这个人很面熟，穿着无可挑剔的三件套西装，脸上带着叫我讨厌的友好表情，不过我也说不出为什么不喜欢他这样。

"希瑟。"他站起来说。

到这个时候，我才意识到他坐在一张床上，而这里竟然是一个卧室。恐慌再次来袭。除了让我住在这里，他们还能是为了什么，把我带来一个门上有锁的卧室里？出了什么事？至少彼得森医生能给我答案。

"怎么了？"我问道。

他对我笑笑，意在安抚。却没有起作用。

"到底是怎么了？"我重复了一遍我的问题，这次加大了声音。我几乎是在喊了。彼得森医生可不喜欢这个。他冲那几个带我进来的看护员摆摆手，跟着我听到他们离开的脚步声，然后，吧嗒一声，门关上了。我没有听到上锁的声音，可我还是感觉自己被困住了，如同一头动物被关在笼子里。

"我们先来让你从轮椅上起来，好吗？"彼得森医生打断了我的话，没让我第三次尖叫着向他问出我的问题。

我连忙闭紧嘴巴，我早就盼着能弄开紧紧缠在身上的带子了。一双手落在我的肩膀上，开始解带子，却把我吓了一大跳。我还以为这个房间里只有我和彼得森医生两个人。没走的那个看护来到我前面，解开我腰上的系带，距离我的腿很远，活像我会踢他似的。我刚一抬起手臂，他就飞快地后退，但我只不过是要动一动，缓解紧绷的肩膀和好手的痉挛而已。带子勒得太紧了。

"我知道你坐了很长时间，希瑟，可如果你愿意到床上坐下，我就会把一切都解释给你听。"

我摇摇晃晃地从轮椅上站起来。我动了僵硬的腿，迈了三步，走到房间那边，扑通一声坐在床上，面对彼得森医生，他这会儿坐在一把跟学校里的塑料椅很像的椅子上，与我面对面。除了这些东西，房间里就没多少其他东西了。只有一张小桌，一个床头柜，一扇窗户，对于坐在床上的我来说，那扇窗显得太高，我看不到外面的风景。所有的一切不是白色就是米色。干净，毫无温馨感可言。

就连空气都很卫生,淡淡的漂白剂气味刺痛了我的鼻孔。

"我想你有很多问题要问我。"彼得森医生的话,让我不再打量这个房间。

"这里是什么地方?"我问。这在我的清单中是最关键的问题。

"你在我的医院里。"彼得森医生说。

"你的医院是做什么的?"我问。

彼得森医生笑得更灿烂了。"治疗病人。"他简单地说。

我蹙起眉头。这并不是一个答案。他有意说得含含糊糊,而这只是让我的糟糕感觉更加严重了。

"治疗什么病?"我问,"我没病。"我唯一需要治疗的地方是缠着绷带的右手。

他又露出了迷人的微笑。"我们以后有很多时间来讨论这个问题。"他站起来,我知道他要走了。看护也不再靠墙站着。

"我现在就要和你谈!"我厉声道。我下意识地站起来,向前迈了半步,但看护一个闪身,就来到我面前,挡住了我的路。我透过他的肩膀看到彼得森医生举起两只手,示意我冷静。

"要找个适当的时候才能谈,希瑟。首先,我希望给你一段时间,让你熟悉熟悉新环境。过一会儿,会有人给你送吃的来,然后呢,我建议你好好休息。我们明天再谈。"

他转过身,走出房门。看护把两只手放在我的肩膀上,轻轻把我向后推。彼得森医生走了,另一个看护取代了他,手里拿着一个带有很多金属扣的东西。我觉得我知道那是什么东西，不过我不愿意问清楚。我只好屈服，任由我面前的大块头带我走到床边，我顺从地坐在上面。他走开，每一步都走得小心谨慎。门关上，并上了锁。一张脸从门上的小窗前一闪。跟着，那张脸消失了，只剩下我一个人了。

我在床上坐了很久很久，终于号啕大哭起来。

## 25

### 现 在

我仰面躺在床上,盯着天花板。我的胃里翻搅着,却与今早他们给我送来的食物没有一点关系,因为我一口都没吃。那盘子饭菜在房间对面的桌上,我尽量把它放得远远的,因为变冷的炒鸡蛋弄得我特别恶心,所以我赶忙到马桶边上等待着。不过我没吐出来。

摆脱恐惧可不是易事。

自打上次我和彼得森医生见面以来,已经过去了六天外加二十一个小时。通常我还会在周中接受辅导,但那天我得到了暂时的喘息。对于填写出院表格、进行手部手术的事儿,彼得森医生并没有撒谎。在初步会诊之后,医生相当乐观,称可以植皮,种植人造指甲。我的手永远也不能恢复"正常"了,他这么告诉我。但差别不会太大。

这件事让我在过去几天里都心情愉快,只是我今天早晨醒来,灰暗的光线从小窗户照射进来,我感觉到一种冰冷的恐惧在我心里盘旋不去。

我不愿意再回到彼得森医生的办公室。

房间里没有时钟,计算时间却不难。看护每天都会遵照固定的程序。送饭。发药。带我们这些没有其他事可做的人去做象征性的"锻炼"。查房。十点半的时候,他们刚刚检查完。不到三分钟前,一张脸在窥探我,以确定我没有在绝望之下,把床单拆成布条,巧妙地系在一起当绳子来上吊。我没有;我没有这么心灵手巧。不过我倒是很绝望。我开始意识到,我或许永远都无法离开这里了。

此时大门传来动静,我忙扭头去看。我一个翻身,坐了起来,脸上带着期待的神情。胃里的翻腾感觉已经到了无以复加的地步。

只听吱的一声,门被向外拉开。一个看护冲我敷衍地一笑。他负责我的病房将近一年了,我却一直不知道他的名字。

"该走了,希瑟。"

我叹口气,吞吞口水,花了一秒钟让自己镇定下来。不过我没有试图去抵抗。通过以往的经验,我知道这毫无意义,弊大于利。在我走近的时候,看护连忙向后退,他小心谨慎,严格地遵守着规则。

我们走过一扇又一扇门，和以往一样，耳畔响起了只有这种地方才有的各种怪声：尖叫，哀号，呼喊。沉重的敲击声。自言自语的声音。每每听到这种声音，我都会紧张不安；只有在这样的时候，我才会庆幸每扇门上都有锁。那些疯子叫我害怕。

我们跨过门槛，走进这栋建筑里舒服漂亮允许访客进入的部分，这时候，我放松下来，却也更紧张了。那些声音消失了，取而代之的是一些较为正常的声音。公事化的谈话，高跟鞋的嗒嗒声，手指在键盘上每分钟输入一百个单词的敲击声，电话铃声。我在等待区停下，那里是海伦的地盘。就在我想在一把靠墙的椅子上坐下来的时候，一只手搭在我的肩膀上，推我向前走，我刚一感觉到这股压力，就意识到彼得森办公室的大门开着，他正在等我。

用不着等了，马上就可以进去，我不禁松了口气，但与此同时，我还指望依靠珍贵的等待时间来让我自己平静下来，做好准备迎接即将到来的恶战。

我走进办公室，却见彼得森医生不在办公桌后面。我蹙起眉头，转过身，只见他在我斜后面的一个文件柜边。他正在最上面的抽屉里翻找着什么，直到此刻，我才注意到他这么矮。他穿着那双闪闪发光的黑色鞋子，要踮起脚尖，才能看到抽屉里面。这个认知让我的嘴角漾出一抹不合时宜的微笑。在未来一段时间里，这大概会是我最后一次真心的微笑了。

"希瑟！"彼得森医生和我打招呼，他微微有些上气不接下气。我惊奇地扬起眉毛。他这样和我打招呼,真是太异乎寻常了。他通常都是端坐在办公桌后面。我不知道这是否是个精心布置的陷阱,是不是他想出来对付我的奇怪新花招。不过不是,他似乎有些心烦意乱,很不自在。我一声不吭地看着他翻找文件,然后拿出一份。他脸上流露出放松的表情,砰一声合上抽屉,把那份文件放在他办公桌上一大堆乱七八糟的文件上面。就在我走到座位上的时候,我看到最上面的文件写着我的名字。

"有进展,希瑟。"他说着坐在我对面的椅子上。他换了个舒服的坐姿,他上年纪了,调整时他的骨头咔嚓响了一声,脸上随即露出痛苦的神情。

进展?我维持着无动于衷的样子,可好奇却在心里泛滥。到底发生了什么事,会让一向从容不迫的彼得森医生如此焦躁不安?

"法官发来了传票。你要去接受第二次听证会。"

如果这是动画片《猫和老鼠》,我的嘴巴一定会张得大大的,下巴咚的一声落在地上,滑稽可笑。可惜这是现实生活,没有惊掉下巴这种事儿。我只是惊诧地瞪着他。

第一次听证会简直就是个玩笑。我甚至都不在场。我当时在医院,不过我的父母去了。他们坐在一个房间里,同在的还有法官、几个律师和老好人彼得森先生,我估摸他们也就谈了十分钟,便认定我发疯了。疯狂。神志不清。不适合受审。所以彼得森医生才能把我锁起来。或许还有一个医生在场提供补充意见(那时候我平躺在医院那个接触不到外界的病房,尝试弄明白我周围的世界,见到了很多穿白大褂的人),可就算有,他也会同意彼得森的判断。我的父母甚至都没反对。他们八成是以为那总好过坐牢。也不那么丢人。一个疯女儿总比罪犯女儿要强。

第二次听证会。彼得森在几次见我的时候都没暗示过。看他在椅子上扭动的样子,还有他额头上的汗珠,估摸这事也有些出乎他的意料。看到他紧张狼狈我倒是很开心,只是我自己也很吃惊,根本无暇享受这份快感。

"为什么?"我问。出现了什么变化吗?

彼得森医生咳嗽一声,正正领带,撅起嘴唇。

"法官希望重新评估你的案子。"

是呀,这我当然知道,可是……"为什么?"

他抽了抽鼻子,做了个深呼吸,直勾勾地看着我的脸。

"现在有了个新证人,法官认为这个人有可能就黑石冢案提供新证词。"

是道奇。不然还能有谁?

我控制自己不要怀抱希望。新证人——可能是个了解石冢的当地人;一个我们都没看到的遛狗的人。还可能是另一个急于了解我内心想法的医生。

但不是这样的。我知道一定是道奇。他醒了。他终于醒了过来。

"我要见他。"我说。

彼得森医生立即摇摇头。

"不行。"

"我要见他。"

我们都没有提到这个新证人的名字。没这个必要。彼得森医生不愿和我对视,这就说明了一切。难怪他会坐卧难安。如果道奇证明了我的说法,那他们就不能说我是疯子了。如果道奇证明了我的说法,那他们就不能管我叫凶手了。

如果?没有如果……他一定会这么做。

"我要见他。"

我会坚持到彼得森医生明白这件事没得商量。

不幸的是我没有商量的资格。彼得森摆摆手,表示不同意我的要求。

"听证会在七月七日周四那天。我会陪你去,你的父母也将出席——"

"我不希望在那里见到他们。"我下意识地说。

彼得森耸耸肩。"你未满十八岁,希瑟。你的父母必须在场。"

我皱起眉头,不过我其实并不在意。一时间我思绪万千。七号,周四……我尝试在心里盘算今天的日期。今天是周一,我很清楚这一点。上周与彼得森的见面时间和马拉松一样漫长,和噩梦一样可怕,那时候是一周年纪念日,我轻轻地哆嗦了一下,这么说……

"今天是什么日子?"我问。只是为了确认一下。我一定要确认无虞。

"周一。"彼得森医生答。

我强忍着才没有发出喷喷声——他清楚我问的是什么。

"今天是几号?"我重新措辞问道,希望能压下语气中的讽刺。我觉得今天有必要在他面前表现友好。我可不愿意把他惹恼,给他借口在听证会时说出对我不利的话。当然了,我可能早在一年前就该这么做了。

彼得森医生叹口气。"四号。"

"七月?"

"是的。"

我开始消化这个信息。听证会在三天后举行。再过三天,我或许就能自由了。

再过三天,我可能被送进监狱,审判日期就会像夺命套锁一样勒住我的脖子。

再过三天,我可能还会回到这里。

这三天过得很漫长,却也是眨眼即逝。我在这些天里都是一个人待着。看护并不常和病人说话,而我拒绝离开病房,去锻炼或第七次去看同一部无聊的电影这种每周一次的消遣。在离开彼得森医生的办公室前,我又要求见道奇,但他没理我,全把我的话当耳旁风。

那是我最后一次说话,到了周四早晨,因为很多天不说话的关系，我的喉咙开始发紧，声音都变得嘶哑了。我默默地吃完早餐，默默地走到淋浴室，默默地在海伦那个小办公室兼等候区里等待着。彼得森医生遵守承诺，陪我一起去，他准时出现，细条纹西装外面穿着一件看起来价格不菲的深灰色羊毛外套。他的一只手臂下面夹着一个大文件夹，是有关我的文件，浓缩版的，写得都很精彩。

如果我今天得到释放，我能看到里面的内容吗？不知道为什么，我觉得不会。

我还以为会坐来时的那种"救护车"，然而，我们却慢慢地从前门走了出去。这是我头一次见到这个地方的正门，我下意识地看了看周围，然后上了一辆豪华轿车的后座。这车看起来……很贵，气派得如同一栋乡村庄园。车里没有一丝疯狂的迹象。我信守保持沉默的誓言，并没有就此发表任何评论。我只是盼着再也不要看到这样的情形。

现在是七月，天气却并不温暖。天空乌云密布，蒙蒙细雨从浅灰色的苍穹中坠落下来。我告诉自己，这绝不是不祥之兆，可焦虑就像蛇，在我的肚子里蠕动。车子启动，稳稳地开着。彼得森医生在我身边翻看记录。我很想偷瞄几眼，但肾上腺素开始飙升，我的视线开始摇晃起来。再说了，我可不想表现出我对彼得森医生所写内容感兴趣的样子，轻信他的"专业"意见。所以我只是凝视窗外，等待熟悉的风景进入我的视线。

过了一会儿，我终于如愿。我们穿过一栋栋商业大厦，跟着，不知不觉中，我们进入了住宅区，却是高档住宅区。这里是有钱人住的社区。不知道那些居民发现一座疯人院与他们比邻而居会做何感想。我不知道他们半夜醒来，会不会担心有个疯子正悄悄穿过他们那精心修剪的草坪。也许不会。

一直来到高速公路上，我才弄清楚这里是什么地方。只有一条车道向北延伸，标志牌上的名字清晰可见。我惊诧地挑高眉毛。我与家的距离比我想象中的还要远。事实上，这里与黑石冢的距离，比我与格拉斯哥之间的距离还要近。我看向西边，就好像我能够看到大海。我看不到，毕竟大海在数英里之外。不过我有种感觉。焦虑，恐惧，不确定。我不再向大海的方向张望。

听证会在格拉斯哥郡法院里的一个侧室里进行。这个房间和豪华酒店里的会议室很像。里面有一张长桌，一扇巨大的窗户可以俯瞰另一栋建筑，墙上挂着品位高雅的画作。一开始，里面只有我、彼得森医生和我的看护，但我们刚一到，其他人就开始一个接一个走进来。一个拿着闪亮黑色公文包的西装男走了进来，我肯定这人是个律师。他没理我，却和彼得森握手。跟着，我父母进来了，我真是尴尬极了。我尽全力不让自己去看他们，可我就是忍不住。我父亲紧张地笑了，我母亲一脸痛苦相。我不知道我是不是该说点什么，但是，彼得森医生和律师在房里，我突然忸怩起来。我在椅子上坐立不安，只是盯着大门，等着能有人进来，缓解这一刻的尴尬。

确实有人进来了。大门砰一声打开，首先映入眼帘的是两个轮子。一开始,我看不到是谁坐在轮椅上,因为推轮椅的人把事情搞得一团糟,不仅撞到了门上,还帮倒忙净添乱。我听到一声叹息,一个非常熟悉的声音小声道,"我来吧。"

是道奇。我不自觉地露出了微笑,可当我看到他的情况有多糟的时候,我的笑容便僵在了嘴边。他弯腰驼背地坐在轮椅上,身体像是缩水了。他的脸颊凹陷,黑眼圈很严重。头发平直柔软,油腻腻的。不过他在看到我时笑了,在操纵轮椅时还冲我挥挥手。

我们没有说话,因为紧跟着道奇走进来一个胖子,头发花白,一脸严肃,肯定是法官。他直接走到长桌首席位置坐下,其余人则在下手找了各自的位置坐好。

我坐在长桌最末尾的位置上。我有种不祥的预感,大部分谈话都将在这张椭圆形红木长桌的另一端进行,而那里距离我很远。

"各位,"法官那洪钟一般的声音终止了房间里的低声交谈,集中了大家的注意力,"现在举行希瑟·肖尔的听证会,是这样吧?"他环视众人,那个律师简略地一点头,"很好。现在是——"他飞快地瞥了一眼手表,"——七月七日上午十一点四十七分,在座各位包括——"就在他一一说出出席者姓名的时候,他身边一个留着灰褐色头发的女人则用一台小笔记本电脑记录下他说的每一个字。她和冷静的海伦可不一样,正焦急地拼命跟上法官那尖刻的讲话,"我是麦克道尔法官,负责主持今天的听证会。好了,客套话讲完了。我们从哪里开始呢?"

首先发言的是那个律师。他读了他面前的一份打印文件，我很快就意识到这是到目前为止我的案件报告。在听到几个地方的时候，麦克道尔法官点点头，由此可知，他要么是看过了这份报告，要么他就是第一次听证会的法官，就是他同意把我送到彼得森医生那里去的。我希望是前者。律师读出我最初给彼得森医生的证词的时候，我在椅子上扭动了几下。非常详细。一字不差。我的脸开始发烫。如果我不是此次讨论的主人公，那我准会说，提出这份供词的人毫无疑问是个疯子。在律师念的时候，道奇都听得很仔细，他的眉头轻皱着。他有几次挑挑眉毛，像是很惊奇，但我看不懂他为什么会这样。我也不可能开口问。

律师终于读完了。

"那么今天我们要来听取道格拉斯·弗莱彻的证词，是不是这样？"

"是的，法官大人。"

"请提醒我一下，为何之前没有听取弗莱彻先生的证词。"

"他之前因头部受伤而陷入了昏迷，法官大人。"律师道。

"昏迷了一年？"

"是的，法官大人。"

"那倒真是有点不方便来作证。"

我真想笑，但我紧紧咬住舌头，疼得我差点掉眼泪。法官为他自己的玩笑话抿嘴一笑，我想要大笑的冲动却无可阻挡。我绝不会用"有点不方便"来形容道奇的伤及其在过去十二个月里对我的生活产生的影响,说是现实版的噩梦更合适。

"法官大人,我能否打断您一下?"彼得森医生向前探身,讨好地笑了笑。我的胃拧成一团。我此时真后悔曾对他说过那么多充满恶意和侵略性的话。我甚至后悔曾经试图刺伤他。因为他有权一直锁着我,而且,是我惹火了他,才让他想要这么做的。我屏息以待他在法官面前说我的坏话。不过他没得到这个机会。法官一皱眉,他就不敢说话了。

"彼得森医生,我希望先听一听弗莱彻先生的证词,然后,你可以畅所欲言。"他转头看着道奇,"弗莱彻先生,现在我们举行的是一场正式听证会,但我希望能让你感觉随意一些。我能否称呼你为道格拉斯?"

"叫我道奇好了。"他的声音比我记忆中的还要轻,我不知道这是昏迷一年的缘故,我只昏迷了几天,就感觉喉咙像砂纸,还是因为他和我一样紧张。我对他笑笑,但他并没有看我。

麦克道尔法官看了他一眼,继续说,"道格拉斯,对于你去年的黑石冢之行,我要问你几个问题。我希望你能尽可能详细地回答。我需要你记住一点,我是个法官,现在是法庭听证会,你所说的必须都是真话。明白吗?"

道奇的脸色煞白,可他点了点头。

"那我们从头开始说起吧。请你讲一讲那次出行的事情。"

道奇首先讲到了驱车去时在路上遇到的状况，给麦克道尔法官讲了露营的事儿，喝酒的事儿，马丁和达伦之间剑拔弩张的事儿。听他讲起那时候的事，感觉怪怪的。像是透过彩色玻璃看这个世界。他说到了马丁的失踪，达伦的消失，还有艾玛的古怪行为。他讲到海滩上极富戏剧化的最后一幕，我慌忙闭上眼睛，但这并不能阻止他的话穿透我的想象。我强忍着才没有用手去捂耳朵，我不想听，不愿意重温当时的情景，因为我知道那样的话我会是个什么样子。今天，我一定不能表现得像个疯子。

　　道奇的版本结束得比我的早一点。他说了他是如何被猛拉着向后退，他感觉自己飞到了空中，还有在那一年他的整个世界都是漆黑一片。他说完后，房间里陷入了沉默。有人咳嗽了两声。我睁开眼睛，就见咳嗽的人是我父亲。我们对视一眼，跟着我别开了目光。

　　道奇的故事虽然缺少一两处小细节，却与我的故事不谋而合。一两处小细节，还有一个重要细节，那就是他并没有提到那个幽灵。他也没有解释为什么马丁、达伦和艾玛会消失。他只是说他们消失了。道奇的故事里有一个巨大的漏洞，而我知道彼得森医生正等着用它来大做文章。

　　"道格拉斯，我是彼得森医生。"他说。道奇点点头，跟着看了我一眼。我们交换了一个眼色，我这才意识到，道奇都知道：彼得森医生是负责看守我的人，不止如此，他还是暗藏的敌人。我看着道奇镇定下来；他知道接下来会发生什么。"我是否可以问你一两个问题？"

我真想冲到他们之间，保护道奇，以免彼得森医生用他那些狡猾且蛊惑人心的手段对付他，可现在这种状况，我只能坐在椅子上，而且，我已经尽可能发出了警告。

"当然可以。"道奇用沙哑的声音说。

"你是说，达伦·吉普森，还有你的朋友——马丁·罗伯森？——"彼得森医生一边用提问的口气说到马丁，一边在记录上核对他的名字，"——消失了。你能否向我解释一下他们发生了什么事吗？"

"我说过了。马丁一个人走了，不见踪迹，达伦在与艾玛去海湾里拾柴的时候不见了。希瑟一直和我在一起。这两次事情发生的时候，我们都在一起。"道奇的表情很坚定，充满防御意味。我感激地看了他一眼，但他没有收到我的目光。

彼得森医生笑了。"你保护你的朋友，这一点很难得，道格拉斯。但你到这里来，是为了向我们解释发生的事情，而不是为希瑟辩解。"

"我说的是事实。"道奇固执地说。

"道格拉斯，在艾玛·柯林斯消失的时候，你是否与希瑟在一起？"

可怕的沉默像是在无限延伸。我看着道奇，可我用眼角余光看到麦克道尔法官蹙起了眉头。

"道格拉斯?"

"我们都在沙滩上。"

"你们在一起吗?"

又是一阵尴尬的停顿。

"没有。"道奇终于说。

"这么说,你没看到艾玛·柯林斯发生了什么事?"

没看到。这是实话实说,可我看出道奇并不愿意这么回答。

"他们就在一百米之外。我能看到手电筒。希瑟只离开了几分钟。"

但几分钟已经足够。透过彼得森医生和律师的表情,我能看出他们都是这么想的。我仔细看着麦克道尔法官,却看不出他在想什么。

"那次旅途中你生病了,对吧?"律师问。道奇扭头看着他,因为突然改变问题而有些迷惑不解。"对不起,道格拉斯。我是汤普森先生,我为郡检察官工作。你能否告诉我,那个时候你是不是生病了?"

"我只是有点感冒。"道奇闪烁其词。

"只是感冒?你的病例中显示你对医生说自己发烧了。你发了高烧,还受到了头部创伤。当时的医生称你可能出现过头昏、恶心甚至是呕吐的症状。你记不记得你有过这些症状,道格拉斯?"

"如果有,会怎么样?"道奇问,"你想说什么?"

律师笑了，承认他话里有话。

"我要指出的是，道格拉斯，你当时病得很重，记忆出现了混乱。考虑到你头部遭受的创伤，你——"

"我没有撒谎。"道奇插嘴道。

律师笑得更灿烂了。"我并不是在暗示你在说谎。"他向道奇和法官保证，"但你的记忆也许并不是真正发生过的事实。都是因为你生病了这个缘故。我明白，你很想帮你的朋友，但有一点很重要，那就是你不能歪曲事实，或是钻空子，哪怕只是小小的空子，道格拉斯。你记得什么，就说什么，这才是帮助希瑟的最好办法。"

"我告诉你们的都是事实。"道奇咬着牙说，"我是有点不舒服，但我并没有胡编乱造。我还扭伤了脚踝。你是不是也想要告诉我，因为伤了脚踝，我就在编造谎言？或者你要说，是希瑟弄断了树枝，要杀了我？"

"道格拉斯。"麦克道尔法官插口道，微微扬起手，表示他注意到了情势越来越紧绷，"深呼吸。我们来这里就是为了帮助希瑟。"

这次我没忍住，扑哧一声笑了出来，不过我的笑声太轻了，我想别人都没听到。我在这个房间里只有一个朋友，我真害怕他会招架不住彼得森医生和律师汤普森的轮番轰炸。

"道格拉斯，"彼得森医生再次向前探身，道奇在轮椅上动了动，好面对他，"你需要了解一点，那就是希瑟生病了。"我低着头，这样就不会有人看到，因为大家像是我不在场那样讨论我，我有多窘迫,"她认为是邪灵杀死了你们的朋友。一团黑影俯冲下来,掠走了他们。"

我屏住呼吸,很清楚此时是非常危险的一刻。彼得森是在为道奇设置陷阱,一个非常高明的陷阱。要是道奇同意我的说法,那他就是和我一样出现了妄想;那样的话,或许我们是同谋。若是不同意,那我就是个疯子。疯子会干疯狂的事儿……比如杀人。不同意,就是道奇亲手把他们送回彼得森的魔掌。

他既没有同意,也没有不同意,而是哈哈笑了起来。

我盯着他,有些不明所以,不过道奇看起来自信满满,并没有方寸大乱。

"那就是个故事而已。"他说,"我给大家讲过这个鬼故事,是用来吓唬他们的。不是真的。"

"对希瑟来说就是真的。"彼得森医生轻声说。

我用两只手死死抓住位于桌子下面的椅子扶手,没有理会右手传来的钻心痛楚。我并不希望事情这样发展。我想说话,但我知道没人会听。说到底,我只是个疯子。

"是吗?"道奇冷静地问道。我觉得他这并不是要自投罗网。他在彼得森回答之前继续说道,"这世上没有幽灵,没有怪物。"道奇顿了顿,看着我,注意到了我惊恐的脸,严肃地笑了,"却有一个人。"

一个人?我惊愕地看着道奇,但他没有等着看我的表情。他扭过头，看着法官。

"我有好几次都看到一个男人。一开始我以为那个人是在小山上遛狗，但我并没有看到他身边有狗。第一次没看到，第二天他又回来了，我也没看到。他就站在高高的小山上看着我们，而且那正是马丁失踪的一个小时之前。"

"一个男人？"法官缓缓地说。

道奇点点头，与此同时，汤普森大声道，"他长什么样子？"

律师的脸上写满了怀疑。道奇对他眼中的嘲笑没有做出任何反应，却对他的这个问题耸耸肩。

"不知道，我没看到。他站得太远了，我只能看到一个轮廓。我只知道他穿着深色衣服。"

"你在马丁失踪那天见到了那个男人？"

"是的。"道奇飞快地点头，显得很机敏。

"那之后你见过他吗？在你说达伦失踪那天，你有没有见过他？"

道奇蹙起眉头。

"我不能肯定。我和希瑟步行去了大路，我觉得我看到了一辆面包车停在远处，但等到我们走到更高的地方，那辆车就不见了。"

"你还记不记得那辆面包车是什么样的，道格拉斯？"法官问。

"太远了。"道奇提醒他们。

"什么颜色呢？"法官轻声追问，"大小呢？"

道奇张开嘴刚想说话，彼得森医生就插话进来。

"希瑟从没提到她见过一个男人。在我们的辅导中,她一次都没说起过。"

所有人的目光都落在了我身上。

我父母的表情有些茫然,也很小心。法官很好奇。我看不懂那个律师在想什么,彼得森则流露出了他一贯的鄙夷神情。我把注意力放在道奇身上,我好像一个被暴风雨突袭的小港。他期盼地看着我,等待着。

我不知道该怎么办。

我做了我唯一能想到的事情:号啕大哭起来。

这会儿,我哭起来真的很惊人。哭声震天,眼泪横流,上气不接下气。我不是有意要这样的:我很紧张,一直在努力把泪水憋回去。

"我吓——吓坏了。"我含糊不清地说,蹭了蹭横流的鼻涕,"马——马丁、达伦和艾玛都消失了,后来是道奇——"我哽咽着说不出话来。"他受伤了,火灭了,我看不到他怎么样了。我……我想把火点着,不过我的手哆嗦得厉害,把打火机油弄得满身都是,后来,我划亮了火柴——"

我的身体剧烈地颤抖着,连抬起手都很困难,但我还是把手举了起来。我把手举起来,就看到法官瞥了一眼我那只手:畸形,布满了可怕的伤疤。他皱起了眉头。

"希瑟。"彼得森在尝试控制我的注意力,但要不理会他太容易了，我缩成一团，哭得更大声了。这会儿，我痛哭流涕，像是停不下来一样。"希瑟，你从没说过那个男人的事儿。你只对我讲过那个幽灵，还记得吗？石冢里的幽魂。"

"我——我——"无数念头在我的脑海里闪过。突然，我灵光一闪。"我怕他也会来抓我！"

我壮着胆子抬头看了一眼，就见道奇的一边嘴角轻轻上扬，似乎是在微笑。

如果能重来一次，我就会是那个摔倒、陷入昏迷的人，由道奇负责拯救我们两个，我可以肯定，他绝不会像我一样愚蠢，他一定会等我苏醒，在这之前悠闲地过他的日子。他肯定早就做了我慢慢才明白过来要做的事：编造一个故事，编造一个谎言。留下一个洞，并且相信警察会用一个他们可以理解的怪物来填补这个洞。可能是个连环杀人犯，也可能是当地的一个疯子。毕竟，如果我没有大声尖叫着说看到了正常人都不会相信的怪物，谁又会怀疑我呢？

只是我迟了整整一年才有所顿悟。我只能盼着现在弥补还来得及。最后，我从道奇脸上移开目光，看着麦克道尔法官。

说到底，我的命运掌握在他的手里。

## 26

  站在阳光下感觉很别扭,只是天空里连一片云都没有。这样的明媚天气几乎为这个地方增添了一丝欢快的气氛,使得每一片绿草都充满活力,每一束花朵都绚丽多彩。只是这里的灰色太多了,一排又一排石碑显得那么恐怖可怕。我面前的三块石碑比大多数石碑都要光亮。

  马丁。艾玛。达伦。

  墓碑上的名字和名字下面的日期,对我而言,犹如昨日。

  道奇在我身边咳嗽一声,试着清清喉咙,别开脸,不让我看到他的脸。尽管他的朋友们都是在将近一年前下葬的,但和我一样,他也是第一次来到他们的坟墓前。他的父母希望送他来,为他打气,也为了让他待在他们的视线里,而自从他睁开眼睛,他们就一直与他形影不离，不过他拒绝了。他拒绝，是因为我是个不受欢迎的人物。不管道奇在法庭上说了什么，也不管法官在签署释放令的时候说了什么，对他们而言，我都是有罪的。在他们眼里，正是我这个罪魁祸首，才让他们的儿子昏迷不醒一年。我不能责怪他们，就连我自己的父母也始终用怀疑的眼光看我。

我重重地叹气，用眼角余光看到道奇向我的方向转过头来。

"你还好吗？"他问。

我点点头，知道他能看到，因为我不确定我能说话。站在这里，看着他们的名字深深刻在布满斑点的花岗岩上，使得他们的死变得真实起来。我是说，我知道的，我知道他们消失了。只是知道和感觉到完全是两码事。今天，我感觉到了。

道奇伸出手揉搓我的背。他手掌的温度透过薄棉T恤衫传过来，我不由得笑了，不过我的目光依然落在前方。我知道他的触摸大都是出于友谊，但这个姿势依然让我觉得有点激动。一半一半吧。就和我们一样；我们一起经历了这么多，我们之间的关系不再仅仅是朋友。但仅此而已，没有更进一步。但是，这很好。此时此刻，彼得森医生的声音依然在我的脑海里回荡，这个地方是这么广阔，充满自由的气息，我的能力只够应付现在这种关系。

还有朋友，我已经很感激了。

再说了，我们有的是时间。再过一个星期，我们就要一起去上大学，去读我们本该在去年夏天就去上的考古专业。仿佛过去十二个月中的事情从未发生过。

"可以走了吗?"我轻轻地问。我希望他能同意。我不喜欢待在这里。这里空空荡荡,了无生气。我感觉不到与脚下的三个人有任何联系。不管他们在什么地方,都不该是这里。

"走吧。"他说,我们一前一后转过身,沿一排排墓碑间的蜿蜒小路,向出口走去。

我有些话要对道奇说,却一直没有说出口。可我知道我真的该把它们说出来。我知道我必须说,最好现在就说,不要拖延。若是不说,我永远都不能真正放下所有这一切。

我走到他身边,我们两个的肩膀挨在一起。

"谢谢你。"我说。

道奇迷惑地看着我,我迎上他的目光。我们的脚步慢下来。

"谢什么?"他终于说道。

我做了个深呼吸。

"谢谢你支持我,与我站在一边。你本可以……"我有点说不下去,却还是强逼自己继续道,"……你本可以不管我,让我继续待在那个鬼地方。"

道奇那迷惑不解的笑容僵在脸上。我们一直都有意对露营的事避而不谈,我看得出来,他此时并不急于谈这些事。

"你不必帮我的。"我说。因为他真的没有必要这么做。大家都怀疑我,所有人我觉得我该上绞刑架。在这样的情况下,他其实不必那么做。

他又笑了,这次的笑容里没有夹杂丝毫困扰。"那我还能怎么做,弃你不顾?"

这正是我害怕的。我本该有信心才对,可在那个地狱一样的地方待了一年,没有任何希望,要想维持信心可不容易。

"我们在同一条船上。"他说,"我和你。"

"是呀。"我喃喃地说,"我们是一起的。"

我们继续穿行于荒凉的墓地,不再说话。在这个地方聊天似乎有些不敬。我们向前走,道奇蹙着眉,低头盯着脚下的路。

"有件事一直让我很困扰。"在我们穿过墓地大门的时候,他终于说道,"你说我们一起去游泳了——"我们一边走,我一边好奇地看着他,慢慢地点点头,他这话是什么意思?"但你是去追马丁了。你们两个走小路去了大路。你看着他招手叫那对老夫妇停下车,搭他们的车走了。我们说好了要这么讲的。"他用犀利的眼神看着我,我僵住了。

"我——"我开口道,却怎么也说不下去。道奇伸出一只手,紧紧地抓住我的上臂。我并没有尝试挣脱开;就算我想这么做,也做不到。

"事情确实与计划的不太一样。"我提醒他。

道奇抛到我面前的那本书看起来相当古老。书脊上布满裂痕，皮质封面上的字迹褪色得厉害，我要仔细看，才能看清楚。"《血色尘埃》。"我读道，"黑暗的人祭仪式。"这会儿，我正躺在他的双人床上，抬起头来。道奇坐在书桌边，将转椅转了个圈儿，面对我，眼睛里闪烁着炽热的光芒。"你从哪儿找到这本书的？"我问。

"网上买的。那家伙在伦敦有家店，专卖与德鲁伊教有关的东西。"

"噢。"我把书翻开，书页中立马窜出一股尘土味儿，我不禁皱了皱鼻子，"文风挺有意思，看起来就跟《麦克白》差不多。"我们一直在读《麦克白》，费了很大劲才能看懂莎士比亚式的语言，"你看得懂吗？"

"大部分吧。"道奇答。

我从密密实实的小字上移开目光。

"够吗？"

"足够。"他点点头。

我脸上的微笑变成了灿烂的笑容，跟着，我咯咯笑了起来。

"我们是不是真的要——"我没有说完我的问题，毕竟这个主意太叫人震撼了。

"是的。"道奇确认。

"你能想象得到那会是怎样一番情形吗？"我的脊背传来一阵令人愉快的战栗，我太兴奋了，每一根神经都在颤动。

"其实不必想象。"道奇保证,"反正很快就到我的生日了……"

我看到了。

看到了那一刻。那个瞬间。在那一刻,光芒从他的眼睛里消失了。

我看到了,尽情享受着。

我感觉到一股力量贯穿我的全身,肾上腺素在我的血管里奔涌。

我伸出苍白的手,合上他的眼睛。马丁脖子上的瘀青已经开始弥漫开。

不,不是马丁的脖子。他再也不在这里了。是尸体。那个东西只是一具尸体。一具没有生命的尸体。就跟道奇说的一样。

在这之前,我们和马丁一起走到了石冢——这里似乎是个再合适不过的地方。一个用来葬人的土堆。一个墓穴。古老,用来献祭。

"现在,记住了,"道奇低声说,"记住我们商量好的话。"

"他搭车走了。"我答,"我看到他走了。"


"达伦知道了。"他的声音很轻,突然从我身后的黑暗中传来。

我吓了一大跳,连忙转过身,就看到手电光照亮了道奇的脸,他的表情很阴郁。

"什么?"我胆怯地问,虽然我听到了他刚才的话。

"达伦。他发现了。"

我的心跳停止了一拍,便狂跳起来。

"怎么知道的?"我小声说。

"他在我的背包最下面找到了马丁的东西和那本书。他去了石冢。"

恐惧忽然笼罩住我的身体,但很快就被愤怒取代。

"他为什么要去翻你的包?"

"不知道。可能是起疑了?"道奇耸耸肩,"我无意中听到他把发现告诉了艾玛。他们明天就要走出去报警。"

"那我们该怎么做?"这个问题要紧多了。

"做我们必须做的事。"道奇答,"你去对付艾玛。我负责干掉达伦。"

他的目光很坚定。坚定,还有兴奋。

道奇将一根手指贴在我的嘴唇上。"最后还是奏效了。"那根手指离开我的唇,他用一只手穿过我的发丝,握住我的耳后。"你干得很好。"

是吗?

"可你受伤了。"我脱口而出,"要是我在对付艾玛的时候没出意外——"

"你做得很好。"他又说了一遍,没有理会我的话。他冲我微微一笑。"我们做到了。事情就跟我们说过的一样,对不对?"

也不尽然。我讨厌说起那些名字,只是……"达伦……还有艾玛。"我最好的朋友。她的男朋友。他们并不在计划内。

"他们不该多管闲事。"他告诉我,他的话里没有任何反唇相讥或后悔的意味。

"那倒是。"我说,"如果他们像平时一样,整天黏在一起……"

我伸出手,捧住他的脸,他对我笑笑。忽然之间,我们接吻了,唇舌交缠在一起,喘着粗气。就在墓地里,我们深深地吻在了一起。我踮起脚尖,急切地靠近他。

"反正都不重要了。"我小声说着拉开我们之间的距离,"我们做到了。"

他的眼睛里闪烁着恶魔般的光芒,充满了兴奋,与我的眼神一模一样。"我们的确做到了。"他赞同道。

### 图书在版编目（CIP）数据

黑石之墓 /（英）克莱儿·麦克福尔著；刘勇军译. —北京：九州出版社，2016.6（2017.10重印）
ISBN 978-7-5108-4433-1

Ⅰ.①黑… Ⅱ.①克… ②刘… Ⅲ.①推理小说—英国—现代 Ⅳ.①I561.45

中国版本图书馆CIP数据核字（2016）第123154号

BLACK CAIRN POINT By CLAIRE MCFALL
Copyright: © 2015 CLAIRE MCFALL
This edition arranged with Adrian Weston Literary Agency
Through BIG APPLE AGENCY, INC., LABUAN, MALAYSIA.
Simplified Chinese edition copyright: 2016 TIANJIN CHINESE WORLD BOOKS INC.
All rights reserved.
版权合同登记号 图字01-2016-2326

### 黑石之墓

| | |
|---|---|
| 作　　者 | [英] 克莱儿·麦克福尔 著　刘勇军 译 |
| 出版发行 | 九州出版社 |
| 地　　址 | 北京市西城区阜外大街甲35号（100037） |
| 发行电话 | （010）68992190/3/5/6 |
| 网　　址 | www.jiuzhoupress.com |
| 电子信箱 | jiuzhou@jiuzhoupress.com |
| 印　　刷 | 三河市中晟雅豪印务有限公司 |
| 开　　本 | 810毫米×1120毫米　32开 |
| 印　　张 | 9 |
| 字　　数 | 250千字 |
| 版　　次 | 2016年7月第1版 |
| 印　　次 | 2017年10月第5次印刷 |
| 书　　号 | ISBN 978-7-5108-4433-1 |
| 定　　价 | 36.00元 |

★ 版权所有　侵权必究 ★